COUVERTURE SUPERIEURE ET INFERIEURE
EN COULEUR

ARIANE

TRAGEDIE.

Par T. CORNEILLE.

Yth
1093

Sur l'Imprimé,

A PARIS;

Chez **GVILLAVME DE LVYNE**, Libraire-Juré,
au Palais, sous la montée de la Cour des Aydes.

M. DC. LXXII.

aug. dite. av.

ACTEVRS.

OENARVS, Roy de Naxe.

THESE'E, Fils d'Ægée Roy d'A-
thenes.

PIRITHOVS, Fils d'Ixion Roy
des Lapithes.

ARIANE, Fille de Minos Roy de
Crete.

PHEDRE, Sœur d'Ariane.

NERINE, Confidente d'Ariane.

ARCAS, Naxian, Confident
d'Oenarus.

La Scene est dans l'Isle de Naxe.

ARIANE

TRAGEDIE.

ACTE I.

SCENE PREMIERE.

OENARVS ARCAS
OENARVS.

IE le confesse Arcas, ma foiblesse redouble,
Ie ne puis voir icy Pirithoüs sans trouble.
Quelques maux où ma flame ait deû me preparer,
C'estoit tousiours beaucoup que les voir differer,
La Princesse avoit beau m'étaler sa constance,
Son hymen reculé flatoit mon esperance:
Et si Thesée avoit & son cœur & sa foy,
Contre elle, contre luy le temps estoit pour moy:
De ce foible secours Pirithoüs me prive,
Par luy de mon malheur l'instant fatal arrive;
Cet Amy si longtemps de Thesée attendu,
Pour partager sa joye en ces lieux s'est rendu.
Il vient estre témoin du bonheur de sa flame,
Ainsi plus de remise; il faut m'arracher l'ame,
Et me soûmettre enfin au tourment sans égal
De voir tout ce que j'aime au pouvoir d'un Rival.

ARCAS

Ariane vous charme, & sans doute elle est belle;
Mais Seigneur quand l'Amour vous a parlé pour elle
Avez-vous ignoré que déja d'autres feux

A 2

La mettoient hors d'état de répondre à vos vœux ?
Si-tost que dans cette Isle où les vents la poußerent
Aux yeux de voßtre Cour ses beautez éclaterent,
Vous ßçeußtes que Thesée avoit par son secours
Du labyrinthe en Crete évité les deßtours,
Et que pour reconnoißtre une amour ß fidélle,
Vainqueur du Minotaure il fuyoit avec elle,
Quel espoir vous laißßoient des nœuds ß bien formez?
Ils eßtoient l'un de l'autre également charmez,
Chacun d'eux l'avoüoit, & vous-mesme en cette Isle
Contre le fier Minos leur promettant azile,
Vous les preßßiez d'abord d'avancer l'heureux jour
Qui devoit par l'hymen couronner leur amour.

OENARVS   (peiné

Que n'ont-ils pû me croire ? Ils m'auroient veû ßans
Conßentir à ces nœuds dont l'image me geßne.
Quoy qu'alors Ariane eußt les mesmes appas,
On reßiste aißément quand on n'eßpere pas,
Et du moins ie n'eußße eu pour ßauver ma franchiße,
Qu'à vaincre de mes ßens la premiere ßurpriße;
Mais ß mon trißte cœur à l'amour s'eßt rendu,
Thesée en eßt la cauße, & luy ßeul m'a perdu.
Sans ßonger quels honneurs l'attendent dans Athenes,
Icy depuis trois mois il languit dans ßes chaißnes,
Et quoy que dans l'hymen il dußt trouver d'appas,
Pirithous abßent, il ne les goußtoit pas.
Pour en choißir le jour, il a fallu l'attendre.
C'eßt beaucoup d'amitié pour une amour ß tendre.
Ces delais démentoient un cœur bien enflamé;
Et qui n'auroit pas crû qu'il n'auroit point aimé?
Voila ßurquoy mon ame à l'eßpoir enhardie
S'eßt peut-eßtre en ßecret un peu trop applaudie.
Les plus charmans Objets qui brillent dans ma Cour
Sembloient chercher Thesée, & briguer ßon amour;
Il rendoit quelques ßoins à Megiste, à Cyane,
Tout cela me flatoit du coßté d'Ariane,

Et j'allois quelquefois jusqu'à m'imaginer
Qu'il dédaignoit un bien qu'il n'osoit me donner.

ARCAS

Dans l'étroite amitié qui depuis tant d'années
De deux Amis si chers unit les destinées,
Il n'est pas surprenant que malgré de beaux feux
Thesée ait jusqu'icy refusé d'estre heureux
C'est dequoy mieux goûter le fruit de sa victoire,
Qu'avoir Pirithoüs pour témoin de sa gloire.
Mais, Seigneur, Ariane a-t-elle en son Amant
B âmé pour un Amy ce trop d'empressement?
En avez-vous trouvé plus d'accés auprés d'elle?

OENARVS

C'est là ma peine, Arcas, Ariane est fidelle ;
Mes languissans regards, mes inquiets soûpirs,
N'ont que trop de ma flame expliqué les desirs.
C'estoit peu, j'ay parlé; mes pour l'heureux Thesée
D'un feu si violent son ame est embrasée,
Qu'elle a toûjours depuis appliqué tous ses soins
A fuir l'occasion de me voir sans témoins.
Phédre sa Sœur, qui sçait les peines que j'endure,
Soulage en m'écoutant ma funeste avanture ;
Et comme il ne faut rien pour flater un Amant,
Ie m'obstine par elle, & cheris mon tourment.

ARCAS

Avec un tel secours vous estes moins à plaindre;
Mais Phédre est sans amour & d'un mérite à craindre,
Vous la voyez souvent, & j'admire, Seigneur,
Que sa beauté n'ait rien qui touche vostre cœur.

OENARVS

Voy par là de l'Amour le bizarre caprice.
Phédre dans sa beauté n'a rien qui n'ébloüisse,
Les charmes de sa Sœur sont à peine aussi doux,
Ie n'ay qu'à dire un mot pour en estre l'Epoux ;
Cependant, quoy qu'aimable & peut-estre plus belle,
Ie la vois, ie luy parle, & ne sens rien pour elle,

Non, ce n'eſt ny par choix ny par raiſon d'aimer,
Qu'en voyant ce qui plaiſt on ſe laiſſe enflâmer.
D'un aveugle panchant le charme imperceptible
Frape, ſaiſit entraiſne, & rend un cœur ſenſible,
Et par une ſecrette & neceſſaire loy
On ſe livre à l'Amour ſans qu'on ſçache pourquoy.
Ie l'éprouve au ſuplice où le Ciel me condamne.
Tout me parle pour Phédre, & tout contre Ariane,
Et quoy que ſur le choix ma raiſon ait de jour,
L'une a ma ſeule eſtime, & l'autre mon amour.

ARCAS.

Mais d'un pareil amour n'eſtes-vous pas le maiſtre ?
Qui peut tout, oſe tout.   OENARVS   Que me fais-tu connoiſtre?
L'ayant reçeuë icy, j'aurois la lâcheté
De violer les droits de l'hoſpitalité!
Quand ie m'y réſoudrois, quel eſpoir pour ma flame!
En la tyranniſant, toucherois-je ſon ame?
Theſée eſt un Héros fameux par tant d'exploits,
Qu'auprés d'elle en mérite il efface les Roys,
Son cœur eſt tout à luy, j'en connoy la conſtance,
Et nous ferions en vain agir la violence.
Ainſi par mon reſpect, au defaut d'eſtre aimé,
Méritons juſqu'au bout de m'en voir eſtimé.
Par d'illuſtres efforts les grands cœurs ſe connoiſſent,
Et malgré mon amour... Mais les Princes paroiſſent.

SCENE II.

OENARVS THESEE PIRITHOVS. ARCAS.
OENARVS.

ENfin voicy ce jour ſi longtemps attendu ;
Pirithous dans Naxe à Theſée eſt rendu,
Et quand un heureux ſort permet qu'il le revoye,
Il n'eſt pas malaiſé de juger de ſa joye,
Aprés un tel bonheur rien ne manque à ſa foy.

PIRITHOVS.

Cette joye est encor plus sensible pour moy,
Seigneur; & plus Thesée a pendant mon absence
D'un destin rigoureux soufert la violence,
Plus c'est pour ma tendresse un aimable transport
D'embrasser un Amy dont j'ay pleuré la mort.
Qui l'eust crû que du Sort le choix illégitime
L'ayant au Minotaure envoye pour victime,
Il dût par un triomphe à jamais glorieux
Affranchir son Païs d'un tribut odieux?
Sur le bruit qui rendoit ces nouvelles certaines;
L'espoir de son retour m'attira dans Athenes,
Et par un ordre expres, ce fut la que ie sçeûs
Qu'il attendoit icy son cher Pirithous.
Soudain ie vole à Naxe, où de sa renommée
Mon ame à le revoir est d'autant plus charmée,
Que tout comblé qu'il est des faveurs d'un grand Roy
Mesme zele tousiours l'interesse pour moy.

OENARVS

Que Thesée est heureux! Tandis qu'il peut attendre
Tous les biens que promet l'amitié la plus tendre,
Du plus parfait amour les favorables nœuds
N'ont rien qu'un bel Objet n'abandonne à ses vœux

THESEE

Il ne faut pas juger sur ce qu'on voit paroistre,
Seigneur, on n'est heureux qu'autât qu'on le croit étré
Vous m'accablez de biens & quand ie vous doids tant,
Ne pouuant m'acquiter, ie ne vis point content.

OENARVS

Ce que j'ay fait pour vous, vaut peu que l'on y pense,
Mais si j'en attendois quelque reconnoissance,
Prince, me dûssiez-vous & la vie & l'honneur,
Il seroit un moyen...

THESE'E

Quel? Achevez, Seigneur,
l'ofre tout, & déja mon cœur cede à la joye,

De penſer... **OENARVS**

Vous voulez en vain que ie le croyë

Ceſſez d'avoir pour moy des ſoins trop empreſſez,

Il vous en coûteroit plus que vous ne penſez.

THESE'E

Doutez-vous de mon zele &...

OENARVS Non, ie me condamné;

Aimez Pirithoüs, poſſedez Ariane,

Vn amy ſi parfait... de ſi charmans appas..

I'en dis trop, c'eſt à vous à ne m'entendre pas,

Ma gloire le veut Prince, & ie vous le demande.

SCENE III.

PIRITHOVS. THESE'E.

PIRITHOVS

IE ne ſçay ſi le Roy ne veut pas qu'on l'entendé

Mais au nom d'Ariane un peu trop de chaleur

Me fait craindre pour vous le trouble de ſon cœur,

Songez-y ! s'il falloit qu'épris d'amour pour elle...

THESE'E

Sa paſſion eſt forte, & ne m'eſt pas nouvelle,

Ie la ſçeus dés l'inſtant qu'il s'en laiſſa charmer:

Mais ce n'eſt pas un mal qui me doiue alarmer.

PIRITHOVS

Il eſt vray qu'Ariane auroit lieu de ſe plaindré,

Si chery ſans reſerve elle vous voyoit craindre;

Ie viens de luy parler, & ie ne vis jamais

Pour un illuſtre Amant de plus ardens ſouhaits :

C'eſt un amour pour vous ſi fort, ſi pur ſi tendre ;

Que quoy que pour vous plaire il falluſt entreprendré

Son cœur de cette gloire uniquement charmé..

THESE'E

Helas! & que ne puis-ie en eſtre moins aimé?

Ie ne me verrois pas dans l'état déplorable

Où me réduit ſans ceſſe un amour qui m'accable,

Vn amour qui ſe montre à mes ſens deſolez...

Le

PIRITHOVS

Lé puis-je dire?
O Dieux! est-ce vous qui parlez
Ariane en beauté par tout si renommée,
Aimant avec excés, ne seroit point aimée?
Vous seriez insensible à de si doux appas?

THESE'E

Ils ont de quoy toucher, ie ne l'ignore pas.
Ma raison qui tousiours s'interesse pour elle,
Me dit qu'elle est aimable & mes yeux qu'elle est belle
L'amour sur leur raport tâche de m'ébranler ;
Mais quand le cœur se taist, l'amour a beau parler.
Pour engager ce cœur ses amorces sont vaines.
S'il ne court de luy-mesme au devant de ses chaisnes,
Et ne confond d'abord par ses doux embarras
Tous les raisonnemens d'aimer, ou n'aimer pas.

PIRITHOVS

Mais vous souvenez-vous que pour sauver Thesée
La fidele Ariane à tout s'est exposée?
Par là du labyrinthe heureusement tiré.

THESE'E

Il est vray, tout sans elle estoit desesperé.
Du succés attendu son adresse suivie,
Malgré le Sort jaloux, m'a conservé la vie,
Ie la doibs à ses soins; mais par quelle rigueur
Vouloir que ie la paye aux despens de mon cœur?
   Ce n'est pas qu'en secret l'ardeur d'un si beau zelé
Contre ma dureté n'ait combatu pour elle.
Touché de son amour, confus de son éclat,
Ie me suis mille fois reproché d'estre ingrat,
Mille fois j'ay rougy de ce que j'ose faire,
Mais mon ingratitude est un mal necessaire,
Et l'on s'efforce en vain par d'assidus combats
A disposer d'un cœur qui ne se donne pas. .

PIRITHOVS.

Vostre merite est grand, & peut l'avoir charmée;
Mais quand elle vous aime, elle se croit aimée;

B

Ainsi vos vœux d'abord auront flaté sa foy,
Et vous aurez juré...

    THESE'E   Qui n'euft fait comme moy?

Pour me fuivre, Ariane abandonnoit fon Pere,
Ie luy devois la vie, elle avoit dequoy plaire.
Mon cœur fans paffion me laiffoit préfumer
Qu'il prendroit à mon choix l'habitude d'aimer,
Par là ce qu'il donnoit à la reconnoiffance
De l'amour auprès d'elle eut l'entiere apparence,
Pour payer ce qu'au fien ie voyois eftre dû
Mille devoirs... helas ! c'eft ce qui m'a perdu.
Ie les rendois d'un air à me tromper moy-mefme ;
A croire que déja ma flame eftoit extréme,
Lors qu'un trouble fecret me fit appercevoir
Que fouvent pour aimer c'eft peu que le vouloit.
Phédre à mes yeux furpris à toute heure expofée...

    PIRITHOVS

Quoy, la Sœur d'Ariane a fait changer Thefée?

    THESE'E

Oüy, ie l'aime & telle eft cette brulante ardeur,
Qu'il n'eft rien qui la puiffe arracher de mon cœur,
Sa beauté pour qui feule en fecret ie foûpire,
Ma fait voir de l'Amour jufqu'où s'étend l'empire;
Ie l'ay connu par elle, & ne m'en fens charmé
Que depuis que ie l'aime, & que j'en fuis aimé.

    PIRITHOVS

Elle vous aime?   THESE'E

         Autant que ie le puis attendre
Dans l'intereft du fang qu'une Sœur luy fait prendre;
Comme depuis longtemps l'amitié qui les joint
Forme entre elles des nœuds que l'Amour ne rompt
    point,
Elle a quelquefois peine à contraindre fon ame
De laiffer fans fcrupule agir toute fa flame,
Et voudroit pour montrer ce qu'elle ſent pour moy,
Qu'Ariane euft ceffé de prétendre à ſa foy.

Cependant pour oster toute la defiance
Qu'auroit donné le cours de nostre intelligence,
Naxe a peu de Beautez pour qui des soins rendus
Ne me semblent couter quelques soûpirs perdus
Cyane, Æglé, Megiste, ont part à cet hommage,
Ariane le voit & n'en prend point d'ombrage,
Rien n'alarme son cœur, tant ce que ie luy doy
Contre ma trahison luy répond de ma foy.

PIRITHOVS.

Ces deuoirs partagez ont trop d'indiférence
Pour vous faire aisément soupçonner d'inconstance;
Mais quand depuis trois mois vous m'auez attendu,
Ne vous declarant point qu'auez-vous prétendu?

THESE'E,

Flater l'espoir du Roy, donner temps à sa flame
De pouuoir malgré luy tyranniser son ame,
Gagner l'esprit de Phédre & me débarasser
D'un hymen dont peut-estre on m'auroit fait presser;

PIRITHOVS

Mais me voicy dans Naxe, & quoy qu'on puisse faire,
Vostre infidelité ne sçauroit plus se taire.
Quel pretexte auriez-vous encor à differer?

THESEE

Ie me suis trop contraint, il faut me declarer,
Quoy que doiue Ariane en ressentir de peine,
Il faut luy découvrir que son hymen me gesne;
Et pour punir mon crime, & se vanger de moy,
La porter, s'il se peut, à faire choix du Roy.
Vous seul (car de quel front luy côfesser moy-mesme
Qu'en moy c'est un ingrat, un parjure qu'elle aime)
Non, vous luy peindrez mieux l'embarras de mô cœur
Parlez, mais gardez bien de luy nommer sa Sœur,
Sçavoir qu'une Rivale ait mon ame charmée,
La chercher, la trouver dans une Sœur aimée,
Ce seroit un supplice apres mon changement
A faire tout oser à son ressentiment.

Ménagez sa douleur pour la rendre plus lente;
Avoüez luy l'amour, mais cachez-luy l'Amante;
Sur qui que ses soupçons puissent ailleurs tomber,
Phédre à sa défiance est seule à dérober.

PIRITHOVS

Ie tairay ce qu'il faut; mais comme ie condamne
Vostre ingrate conduite au regard d'Ariane,
Nattendez point de moy que pour vous degager
Ie luy parle du feu qui vous porte à charger
C'est un aveu honteux qu'un autre luy peut faire,
Cependant mon secours vous estant necessaire,
Si sur l'hymen du Roy ie puis estre écouté,
I'appuyray le projet dont ie vous voy flaté.
Phédre vient. ie vous laisse.

THESE'E　　　　　O trop charmante veuë!

SCENE IV.

THESE'E. PHEDRE.

THESE'E.

HE' bien? A quoy, Madame estes-vous résoluë?
Ie n'ay plus de prétexte à cacher mon secret,
Ne verrez-vous jamais mon amour qu'à regret?
Et quand Pirithoüs que ie feignois d'attendre,
Me contraint à l'éclat qu'il m'a falu suspendre,
M'aimerez-vous si peu, que pour le retarder
Vous me disiez encor que c'est trop hazarder

PHEDRE

Vous pouvez là-dessus vous répondre vous-mesme,
Prince, ie vous l'ay dit, il est vray, ie vous aime,
Et quand d'un cœur bien né la gloire est le secours,
L'avoir dit une fois, c'est le dire tousiours,
Ie n'examine point si ie pouvois sans blâme
Au feu qui m'a surprise abandonner mon ame,
Peut-estre à m'en défendre aurois-ie trouvé jour;
Mais il entre souvent du destin dans l'amour,
Et dût-il m'en coûter un éternel martire,

Le Deſtin l'a voulu, c'eſt à moy d'y ſouſcrire.
I'aime donc, mais malgré l'appas flateur & doux
Des tendres ſentimens qui me parlent pour vous,
Ie ne puis oublier qu'Ariane exilée
S'eſt pour vos intereſts elle-meſme immolée,
Qu'aucun amour jamais n'eut tant de fermeté ,
Qu'ayant tout fait pour vous elle a tout merité;
Et plus l'inſtant approche où cette Infortunée
Apres un long eſpoir doit eſtre abandonnée,
Plus un ſecret remors trouve à me reprocher
Que ie luy vole un bien qui luy couſte ſi cher.
Vous luy devez ce cœur dont vous m'ofrez l'hómage,
Vous luy deuez la foy que voſtre amour m'engage,
Vous luy deuez ces veux que déja tant de fois.

THESE'E

Ah ne me parlez plus de ce que ie luy dois.
Pour elle contre vous qu'ay-je oublié de faire?
Quels efforts! I'ay tâché de l'aimer pour vous plaire
C'eſt mon crime, & peut-eſtre il m'en faudroit haïr,
Mais vous m'en donniez l'ordre il faloit obeïr,
Il falloit me la prendre aimable. jeune, belle
Voir ſon Pais quitté, mes iours ſauuez par elle.
C'eſtoit dequoy ſans doute aſſujetir mes veux
A n'aimer qu'a luy plaire. à m'en tenir heureux;
Mais ſon merite en vain ſembloit fixer ma flame,
Vn tendre ſouvenir frapoit ſoudain mon ame,
Dès le moindre retour vers un charme ſi doux
Ie cedois au panchant qui m'entraine vers vous,
Et ſentois diſſiper par cette ardeur nouvelle
Tous les projets d'amour que j'avois fait pour elle.

PHEDRE.

I'aurois de ces combats affranchy voſtre cœur,
Si j'euſſe eu pour Riuale une autre qu'vne Sœur;
Mais trahir l'amitié dont on la voit ſans ceſſe...
Non, Theſée elle m'aime avec trop de tendreſſe,
D'un ſuplice ſi rude il faut la garantir,

Sans doute elle en mouroit, ie n'y puis confentir.
Rendez-luy voftre amour, cet amour qui fans elle
Auroit peu-eftre dû me demeurer fidelle,
Cet amour qui toûjours trop propre à me charmer
N'ofe...   **THESE'E**

      Apprenez-moy donc à ne vous plus aimer,
A brifer ces liens où mon ame afferuie
A mis tout ce qui fait le bonheur de ma vie;
Ces feux donc ma raifon ne fçauroit triompher,
Apprenez-moy comment on les peut étoufer,
Comment on peut du cœur bannir la chere image.
Mais à quel fentiment ma paffion m'engage,
Si la douceur d'aimer a pour vous quelques appas,
Me pourriez-vous apprendre a ne vous aimer pas?

         PHEDRE.

Il en eft vn moyen que ma gloire envifage,
Il faut de voftre cœur arracher cette image.
Ma veuë eftant pour vous vn mal contagieux,
Pour dégager ce cœur commencez par les yeux,
Fuyez de mes regards la trop flateufe amorce;
Plus vous les foufrirez plus ils auront de force;
Ce n'eft qu'en s'eloignant qu'on pare de tels coups,
Si le triomphe eft rude, il eft digne de vous,
Il eft beau d'étoufer ce qui peut trop nous plaire,
D'immoler à fa gloire...   **THESE'E**

      Et le pourrez-vous faire?
Ces traits qu'en voftre cœur mon amour a tracez,
Quand vous me verrez moins, feront-ils effacez?
Oublirez-vous fi-toft cet ardent facrifice..

         PHEDRE.

Cruel, pourquoy chercher à croiftre mon fuplice?
M'accable-t'il fi peu, qu'il y faille adioufter
Les plaintes d'vn amour que ie n'ofe écouter?
Puis que mon fier deuoir le condamne à fe taire,
Laiffez-moy me cacher que vous m'auez fçeu plaire,
Laiffez moy déguifer à mes chagrins jaloux,

Qu'il n'eſt point d'heur pour moy, point de repos
    ſans vous.
C'eſt trop, déja mon cœur à ma gloire infidelle
De mes ſens mutinez ſuit le party rebelle,
Il ſe trouble, il s'emporte, & dés que ie vous voy,
Ma tremblante vertu ne répond plus de moy.

          THESE'E.
Ah puis qu'en ma faveur l'Amour fait ce miracle,
Oubliez qu'ne Sœur y voudra mettre obſtacle,
Pourquoy pour l'epargner trahir un ſi beau feu?

          PHEDRE
Mais ſurquoy vous flater d'obtenir ſon aveu?
Sçachant que vous m'aimez...

          THESEE.
                 C'eſt ce qu'il faut luy taire,
Sa fuite de Minos allume la colere,
Pour s'en mettre à couvert elle a beſoin d'appuy;
Le Roy l'aime, faiſons qu'elle s'attache à luy,
Et qu'acceptant ſa main au defaut de la mienne,
Elle ſoufre en ces lieux qu'un Trône la ſoûtienne,
Quand un nouvel amour par l'hymen étably
M'aura par l'habitude attiré ſon oubly,
Qu'elle verra pour moy ſon mépris neceſſaire,
Nous pourrons de nos feux decouvrir le myſtere.
Mais preſt à la porter à ce grand changement,
I'ay beſoin de vous voir enhardir un Amant,
De voir que dans vos yeux, quand ce projet me flate,
En faveur de l'Amour un peu de joye éclate,
Que contre vos frayeurs raſſurant voſtre eſprit,
Elle efface...   PHEDRE
          Allez, Prince, on vous aime. il ſuffit,
Peut-eſtre que ſur moy la crainte a trop d'empire,
Suivez ce qu'en ſecret voſtre cœur vous inſpire;
Et dequoy que le mien puiſſe encor s'alarmer,
N'écoutez que l'Amour, & nous ſçavez aimer.

ACTE II.

SCENE PREMIERE.

ARIANE, NERINE.

NERINE.

LE Roy de ce refus euſt en lieu de ſe plaindre,
Madame, vous devez un moment vous contraindre
Et quoy qu'en l'écoutant vous ne puiſſiez douter
Que c'eſt ſon amour ſeul qu'il vous faut écouter,
Voſtre hymen dont enfin l'heureux moment s'avance,
Semble vous obliger à cette complaiſance.
Il vous perd, & la plainte a dequoy ſoulager.

ARIANE

Ie ſçay qu'avec le Roy j'ay tout à ménager,
I'aurois tort de l'aigrir. L'azile qu'il nous preſté
Contre la violence aſſure ma retraite.
D'ailleurs, tant de reſpect accompagne ſes vœux,
Que ſouvent j'ay regret qu'il ne puiſſe eſtre heureux.
Mais quand d'un premier feu l'ame toute occupée
Ne trouve de douceur qu'aux traits qui l'ont frapée,
C'eſt un ſujet d'ennuy qui ne peut s'exprimer,
Qu'un Amant qu'on neglige, & qui parle d'aimer.
Pour m'en rendre la peine à ſoufrir plus aiſée,
Tandis que le Roy vient, parle moy de Theſée;
Peins-moy bien quel honneur ie reçois de ſa foy;
Peins-moy bien tout l'amour dont il brule pour moy;
Ofres-en à mes yeux la plus ſenſible image.

NERINE

Ie croy que de ſon cœur vous avez tout l'hommage,

Mais au point que de luy ie voy vos sens charmez,
C'est beaucoup s'il vous aime autant que vous l'aimez

ARIANE

Et puis-ie trop l'aimer, quand tout brillant de gloire
Mille fameux exploits l'offrent à ma memoire?
De cent Monstres par luy l'Vnivers dégagé
Se voit d'un mauvais sang heureusement purgé.
Combien ainsi qu'Hercule a-t-il pris de victimes?
Combien vangé de morts combien puny de crimes?
Procruste & Cercyon la terreur des humains,
N'ont-ils pas succombé sous ses vaillantes mains?
Ce n'est point le vanter que ce qu'on m'entend dire,
Tout le monde le sçait, tout le monde l'admire;
Mais c'est peu, ie voudrois que tout ce que ie voy
S'en entretinst sans cesse, en parlast comme moy.
I'aime Phédre; tu sçais combien elle m'est chere;
Si quelque chose en elle a dequoy me déplaire,
C'est de voir son esprit de froideur combatu
Negliger entre nous de loüer sa vertu.
Quand ie dis qu'il s'acquiert une gloire immortelle,
Elle applaudit, m'approuve, & qui feroit moins qu'elle
Mais enfin d'elle mesme on ne l'entend jamais
De ce charmant Héros élever les hauts faits,
Il faut en leur faveur expliquer son silence.

NERINE

Ie ne m'étonne point de cette indifférence,
N'ayant jamais aimé, son cœur ne conçoit pas.

ARIANE

Elle évite peut-estre un cruel embarras.
L'Amour n'a bien souvent qu'une douceur trompeuse;
Mais vivre indifférente, est-ce une vie heureuse?

NERINE

Apprenez-le du Roy, qui de vous trop charmé
Ne souffriroit pas tant, s'il n'avoit point aimé.

C

SCENE II.

OENARVS ARIANE. NERINE.

OENARVS

NE vous offencez point, Princesse incomparable,
Si prest à succomber au malheur qui m'accable,
Pour la derniere fois j'ay tâché d'obtenir
La triste liberté de vous entretenir;
Ie la demande entiere, & quoy que puisse dire
Ce feu qui malgré vous prend sur moy trop d'empire,
Vous pouvez sans scrupule en voir mon cœur atteint,
Quand pour prix de mes maux ie ne veux qu'estre
      plaint.

ARIANE

Ie connois tout l'amour dont vostre ame est éprise,
Son excés m'a souvent causé de la surprise,
Et vous ne direz rien que mon cœur interdit
Pour vous-mesme avant vous ne se soit déja dit.
Tant d'ardeur méritoit que ce cœur plus sensible
A l'ofre de vos vœux ne fust pas inflexible,
Que d'un si noble hommage il se trouvast charmé,
Mais quand ie vous ay veu Thesée estoit aimé,
Vous sçavez son merite, & le prix qu'il me couste;
Apres cela, Seigneur, parlez ie vous écoute.

OENARVS

Thesée a du merite, & ie l'ay dit cent fois,
Vostre amour eust eu peine à faire un plus beau choix;
Par tout sa gloire éclate, on l'estime, on l'honore,
Il vous aime, ou plutost, Madame il vous adore;
Vous le dire à toute heure est son soin le plus doux;
Et qui pourroit moins faire estant aimé de vous?
Apres cette justice à sa flame renduë,
La mienne par pitié sera-t-elle entenduë?
Ie ne vous redis point que tous mes sens ravis
Cederent à l'Amour si-tost que ie vous vis.
Vous l'avez déja sçeu par l'aveu temeraire
Que de ma passion j'osay d'abord vous faire.

Il fallut pour cesser de vous estre suspect,
Ne vous en parler plus ie l'ay fait par respect.
Pour ne vous aigrir pas, d'un rigoureux silence
Ie me suis imposé la dure violence.
Et s'il m'est échapé d'en soûpirer tout-bas,
C'estoit bien m'en punir que ne m'écouter pas;
Tant de rigueur n'a pû diminuer ma flame,
Pour vous voir sans pitié ie n'ay point changé d'ame;
I'ay souffert, j'ay langui d'amour tout consumé,
Madame & tout cela sans espoir d'estre aimé.
Par vos seuls intérests vous m'avez esté chere,
I'ay regardé l'Amour sans chercher le salaire,
Et mesme en ce funeste & dernier entretien,
Prest peut-estre à mourir, ie ne demande rien;
Rendez Thésée heureux, vous l'aimez, il vous aime;
Mais songez, en plaignant mon infortune extrême,
Que vos bienfaits n'ont point sollicité ma foy,
Que vous n'avez rien fait, rien hazardé pour moy;
Et que lors que mon cœur dispose de ma vie,
C'est sans vous la devoir qu'il vous la sacrifie.
Pour prix du pur amour qu'il le fait soûpirer,
S'il estoit quelque grace où ie pusse aspirer,
Ie vous demanderois pour flater mon martyre.   [dire
Qu'au moins quand ie vous pers, vous daignassiez me
Que sans ce premier feu pour vous si plein d'appas,
I'aurois pû par mes soins ne vous déplaire pas
Pour adoucir les maux où vostre hymen m'expose,
Ce que j'ose exiger sans doute est peu de chose;
Mais un mot favorable, un sincere soûpir,
Est tout pour qui ne veut que l'entendre & mourir.

ARIANE

Seigneur, tant de vertu dans vostre amour éclate,
Qu'il faut vous l'avoüer ie ne suis point ingrate;
Mon cœur se sent touché de ce que ie vous doy,
Il voudroit estre à vous s'il pouvoit estre à moy;
Mais il perdroit le prix dont vous le croyez estre,

Si l'infidelité vous en rendoit le maistre.
Thesée y regne seul, & s'y trouve adoré;
Dés la premiere fois ie vous l'ay declaré.
Des la premiere fois...

OENARVS

     C'en est assez, Madame,
Thesée a merité que vous payiez sa flame.
Pour luy, Pirithoüs arrivé dans ma Cour
Va presser vostre hymen choisissez-en le jour.
S'il faut que ie donne ordre à l'apprest necessaire,
Parlez, il me suffit que ce sera vous plaire,
I'executeray tout. Peut-estre il seroit mieux
De vouloir épargner ce suplice à mes yeux.
Que doit faire le coup, si l'image me tuë?
Mais ie me priverois par là de vostre veuë,
C'est ce qui peut sur tout aigrir mon desespoir,
Et j'aime mieux mourir que cesser de vous voir.

SCENE III.

OENARVS. THESE'E. ARIANE. NERINE.

OENARVS

PRince mon trouble parle; & quand ie voudrois taire
Le suplice où m'expose un destin trop contraire,
De mes yeux interdits la confuse langueur
Trahiroit malgré moy le secret de mon cœur.
I'aime, & de cet amour dont j'adore les charmes.
La Princesse est l'objet, n'en prenez point d'alarmes;
Au point de vostre hymen vous en faire l'aveu,
C'est vous monstrer assez ce qu'est un si beau feu.
De tous les mouvemens ma raison me rend maistre,
L'effort est grand sans doute on en souffre, & peut-estre
Un Rival tel que moy par sa vertu trahy
Merite d'estre plaint, & non d'estre hay.
C'est tout ce qu'il prétend pour prix de sa victoire,
Ce malheureux Rival qui s'immole à sa gloire.
Vos soupçons auroient pû faire outrage à ma foy,
S'ils s'estoient avec vous expliquez avant moy;

C'eſt en les prévenant que ie me juſtifie,
Ne conſiderez point le malheur de ma vie
L'hymen depuis longtemps attire tous vos vœux,
I'y conſens, dés demain vous pouvez eſtre heureux,
Pirithoüs préſent n'y laiſſe plus d'obſtacle,
Ma Cour qui vous honore attend ce grand ſpectacle,
Ordonnez-en la pompe & dans un ſort ſi doux,
Quoy que j'aye à ſouffrir, ne regardez que vous.
Adieu Madame.

SCENE IV.

THESE'E. ARIANE. NERINE.
THESE'E

IL faut l'avoüer à ſa gloire,
Sa vertu va plus loin,que ie n'aurois pû croire.
Au bonheur d'un Rival luy-meſme conſentir?
ARIANE
L'honneur à cet effort a dû l'aſſujettir?
Qu'euſt-il fait? Il ſçait trop que mon amour extréme
En s'attachant à vous, n'a cherché que vous-meſme,
Et qu'ayant tout quitté pour vous prouver ma foy,
Mille Trônes offerts ne pourroient rien ſur moy.
THESE'E,
Tant d'amour me confond & plus ie voy, Madame,
Que ie dois..   ARIANE
          Apprenez un projet de ma flame.
Pour m'attacher à vous par de plus fermes nœuds,
I'ay dans Pirithoüs trouvé ce que ie veux.
Vous l'aimez cherement; il faut que l'hymenée,
De ma Sœur avec luy joigne la deſtinée,
Et que nous partagions ce que pour les grands cœurs
L'amour & l'amitié font naiſtre de douceurs.
Ma Sœur a du merite elle e   ble & belle,
Suit mes conſeils en tout, & ie v   répons d'elle,

Voyez Piritboüs, & tâchez d'obtenir
Que par elle avec nous il consente à s'unir.

THESEE.

L'ofre de cet hymen rendra sa joye extrême;
Mais, Madame, le Roy... Vous sçavez qu'il vous aime
S'il faut..

ARIANE

Ie vous entens, Le Roy trop combatu
Peut laisser à l'Amour séduite sa vertu,
Cet inquiet soucy ne sçauroit me déplaire,
Et pour le dissiper, ie sçay ce qu'il faut faire;

THESE'E.

C'en est trop, mon cœur... Dieux!

ARIANE   Que ce trouble m'est doux!
Ce qu'il vous fait sentir. ie me le dis pour vous,
Ie me dis...   THESE'E

Plût aux Dieux! vous sçauriez la contrainte..;

ARIANE

Encor un coup perdez cette jalouse crainte,
I'en connois le remede, & si l'on m'ose aimer,
Vous n'aurez pas longtemps à vous en alarmer.

THESE'E.

Minos peut vous poursuivre. & si de sa vangeance.;

ARIANE

Et n'ay-ie pas en vous une seûre défence?

THESEE

Elle est seûre, il est vray, mais...

ARIANE   Achevez.

THESE'E   I'entens;.;

ARIANE

Ce desordre me gesne, & dure trop longtemps;
Expliquez-vous enfin.

ARIANE   Ie le veux & ne l'ose;
A mes propres souhaits moy-mesme ie m'oppose
Ie poursuis un aveu que ie crains d'obtenir,
Il faut parler pourtant, c'est trop me retenir.
Vous m'aimez, & peut-estre une plus digne flame

N'a jamais eu dequoy toucher une grande ame,
Tout mon sang auroit peine à m'acquiter vers vous;
Et cependant le Sort, de ma gloire jaloux,
Par une tyrannie à vos desirs funeste...
Adieu, Pirithoüs vous peut dire le reste;
Sans l'amour qui du Roy vous soûmet les Estats,
Ie vous conseillerois de ne l'apprendre pas.

SCENE V.

ARIANE. PIRITHOVS. NERINE.

ARIANE.

QVel est ce grand secret Prince, &par quel mystere
Vouloir me l'expliquer & tout à coup se taire?

PIRITHOVS

Ne me demandez rien, il sort tout interdit;
Madame, & par son trouble il vous en a trop dit.

ARIANE

Ie vous comprens tous deux; vous arrivez d'Athenes.
Du sang dont ie suis née on n'y veut point de Reynes,
Et le Peuple indigné refuse à ce Héros
D'admettre dans son lit la Fille de Minos?
Qu'aprés la mort d'Ægée il soit toûjours le mesme;
Qu'il m'oste, s'il le peut, l'honneur du rang suprême;
Trône, Sceptre, grandeurs, sont des biens superflus,
Thesée estant à moy, ie ne veux rien de plus,
Son amour paye assez ce que le mien me coûte,
Le reste est peu de chose.

PIRITHOVS   Il vous aime sans doute;

Et comment pourroit-il avoir le cœur si bas,
Que tenir tout de vous, & ne vous aimer pas?
Mais, madame, ce n'est que des ames communes
Que l'Amour s'autorise à regler les fortunes;
Qu'Athenes se déclare ou pour ou contre vous,
Vous avez de Minos à craindre le courroux,
Et l'hymen seul du Roy peut sans incertitude

ARIANE

Vous oster là-dessus tout lieu d'inquietude:
Il vous aime;& de vous Naxe prenant la loy,
Calmera...,

ARIANE

Vous voulez que j'épouse le Roy?
Certes l'avis est rare, & si j'ose vous croire.
Vn noble changement me va combler de gloire:
Me connoissez-vous bien?

PIRITHOVS. Les moindres lâchetez
Sont pour vostre grand cœur des crimes détestez,
Vous avez pour la gloire une ardeur sans pareille;
Mais, Madame, ie sçay ce que ie vous conseille:
Et si vous me croyez. quels que soient mes avis,
Vous vous trouverez bien de les avoir suivis.

ARIANE

Qui? Moy les suivre? moy. qui voudrois pour Thesée
A cent & cent périls voir ma vie exposée?
Dieux! quel étonnement seroit au sien égal,
S'il sçavoit qu'un Amy parlast pour son Rival!
S'il sçavoit qu'il voulust luy ravir ce qu'il aime!

PIRITHOVS

Vous le consultarez, n'en croyez que luy-mesme;

ARIANE

Quoy, si l'offre d'un Trône avoit pû m'éblouïr,
Ie luy demanderois si ie dois le trahir,
Si ie dois l'exposer au plus cruel martire
Qu'un Amant... **PIRITHOVS**
Ie n'ay dit que ce que j'ay dû dire,
Vous y penserez mieux. & peut-estre qu'un jour
Vous prendrez un peu moins le party de l'Amour.
Adieu, Madame. **ARIANE**
Il dit ce qu'il faut qu'il me dise!
Demeurez, avec moy c'est en vain qu'on déguise,
Vous en avez trop dit pour ne me pas tirer
D'un doute dont mon cœur commence à soûpirer:
I'en tremble & c'est pour moy la plus sensible atteinte
Eclaircissez ce doute, & dissipez ma crainte,

Autrement

Autrement ie croiray qu'une nouvelle ardeur
Rend Thesée infidelle & me vole son cœur;
Que pour un autre Objet sans soucy de sa gloire.l;
PIRITHOVS
Ie me tais c'est à vous à voir ce qu'il faut croire,
ARIANE
Ce qu'il faut croire? Ah Dieux! vous me desesperez;
Ie verrois à mes vœux d'autres vœux preferez?
Thesée à me quitter.. Mais que! soupçon j'écoute!
Non, non, Pirithoüs. on vous trompe sans doute,
Il m'aime, & s'il m'en faut séparer quelque iour,
Ie pleureray sa mort, & non pas son amour.
PIRITHOVS
Souvent ce qui nous plaist par une erreur fatale..;
ARIANE
Parlez plus clairement, ay-je quelque Rivale?
Thesée a-t-il changé? viole-t-il sa foy!
PIRITHOVS
Mon silence déja s'est expliqué pour moy;
Par là ie vous dit tout; vos ennuis me font peine;
Mais quand leur seul remede est de vous faire Reyne;
N'oubliez point qu'à Naxe on veut vous couronner,
C'est le meilleur conseil qu'on vous puisse dor..r,
Ma presence commence à vous estre importune,
Ie me retire.

SCENE VI.

ARIANE. NERINE.

ARIANE.

AS-tu conçeu mon infortune?
Il n'en faut point douter, ie suis trahie, helas!
Nerine.   **NERINE**
       Ie vous plains.
     ARIANE   Qui ne me plaindroit pas?

D

Tu le sçais tu l'as veû j'ay tout fait pour Thesée;
Seule à son mauvais sort ie me suis opposée;
Et quand ie me dois tout promettre de sa foy,
Thesée a de l'amour pour un autre que moy?
Vne autre passion dans son cœur a pû naistre?
I'ay mal ouy Nerine, & cela ne peut estre,
Ce seroit trahir tout raison, gloire, équité,
Thesée a trop de cœur pour tant de lâcheté;
Pour croire qu'à ma mort son injustice aspire,

NERINE

Pirithoüs ne dit que ce qu'il luy fait dire;
Et quand il a voulu l'attendre si longtemps,
Ce n'estoit qu'un prétexte à ses feux inconstans;
Il nourrissoit déslors l'ardeur qui le domine.

ARIANE

Ah que me fais-tu voir, trop cruelle Nerine?
Sur le goufre des maux qui me vont abismer,
Pourquoy mouvrir les yeux quand ie les veux fermer?
Helas! il est donc vray que mon ame abusée
N'adoroit qu'un ingrat en adorant Thesée?
Dieux, contre un tel ennuy soûtenez ma raison;
Elle céde à l'horreur de cette trahison,
Ie la sens qui déja… Mais quand elle s'égare,
Pourquoy la regreter cette raison barbare,
Qui ne peut plus servir qu'à me faire mieux voir
Le sujet de ma rage & de mon desespoir?
Quoy, Nerine, pour prix de l'amour le plus tendre.

SCENE VII.

ARIANE, PHEDRE, NERINE.

ARIANE.

AH, ma Sœur sçavez-vous ce qu'on vient de m'apprendre?
Vous avez crû Thesée un Héros tout parfait,
Vous l'estimez sans doute; & qui ne l'eût pas fait?
N'attendez plus de foy plus d'honneur, tout chancelle;

Tout doit estre suspect. Thesée est infidelle,
PHEDRE
Quoy, Thesée...　　　ARIANE
　　　　　　Ouy, ma Sœur, apres ce qu'il me doit
Me quitter est le prix que ma flame en reçoit,
Il me trahit. Au point que sa foy violée
Doit avoir irrité mon ame desolée,
I'ay honte, en vous contant l'excés de mes malheurs ;
Que mon ressentiment s'exhale par mes pleurs.
Son sang devroit payer la douleur qui me presse;
C'est là, ma Sœur. c'est là sans pitié sans tendresse,
Comme aprés un forfait si noir, si peu commun.
On traite les Ingrats, & Thesée en est un
Mais quoy qu'à ma vangeance un fier dépit suggere;
Mon amour est encor plus fort que ma colere,
Ma main tremble, & malgré son parjure odieux
Ie vois toûjours en luy ce que j'aime le mieux.
PHEDRE
Vn revers si cruel vous rend sans doute à plaindre;
Et vous voyant souffrir ce qu'on n'a pas deû craindre;
On conçoit aisément jusqu'où le desespoir.
ARIANE
Ah, qu'on est éloigné de le bien concevoir?
Pour penétrer l'horreur du tourment de mon ame,
Il faudroit qu'on sentist mesme ardeur, mesme flame,
Qu'avec mesme tendresse on eust donné sa foy,
Et personne jamais n'a tant aimé que moy.
　Se peut-il qu'un Héros d'une vertu sublime
Souille ainsi.., Quelquefois le remords suit le crime;
Si le sien luy faisoit sentir ces durs combats ..
Ma Sœur, au nom des Dieux ne m'abandonnez pas,
Ie sçay que vous m'aimez, & vous le devez faire.
Vous m'avez dés l'enfance esté toûjours si chere,
Qué cette inébranlable & fidelle amitié
Merite bien de vous au moins quelque pitié,
Allez trouver... helas? diray-je mon parjure?

Peignez-luy bien l'excés du tourment que j'endure,
Prenez pour l'arracher à son nouveau panchant,
Ce que les plus grands maux offrent de plus touchant.
Dites-luy qu'à son feu j'immolerois ma vie.
S'il pouvoit vivre heureux apres m'avoir trahie;
D'un juste & long remords avancez-luy les coups,
Enfin, ma Sœur, enfin je n'espere qu'en vous.
Le Ciel m'inspira bien, quand par l'Amour séduite
Ie vous fis malgré vous accompagner ma fuite.
Il semble que dés-lors il me faisoit prévoir
Le funeste besoin que j'en devois avoir.
Sans vous, à mes malheurs où cherche du remede?

PHEDRE

Ie vay mander Theste; & si son cœur me cede,
Madame, en luy parlant, vous devez présumer...

ARIANE

Helas! & plût au Ciel que vous sçeussiez aimer,
Que vous pûssiez sçavoir par vostre experience
Iusqu'où d'un fort amour s'étend la violence!
Pour émouvoir l'ingrat, pour flechir sa rigueur,
Vous trouveriez bien mieux le chemin de son cœur,
Vous auriez plus d'adresse à luy faire l'image
De mes confus transport de douleur & de rage,
Tous les traits en seroient plus vivement tracez,
N'importe, essayez tout parlez, priez, pressez;
Au defaut de l'Amour puis qu'il n'a pû vous plaire,
Vostre amitié pour moy fera ce qu'il faut faire;
Allez, ma Sœur, courez empeschez mon trépas;
Toy, viens, suy-moy, Nerine, & ne me quitte pas,

ACTE III.

SCENE PREMIERE.

PIRITHOVS. PHEDRE.

PIRITHOVS

CE seroit perdre temps, il ne faut plus prétendre
Que rien touche Thesée, & le force à se rendre
I'admire encor, Madame, avec quelle vertu
Vous auez de nouveau si longtemps combatu.
Par son manque de foy, contre vous-mesme armée,
Vous avez fait paroistre vne Sœur opprimée,
Vous avez essayé par un tendre retour
De ramener son cœur vers son premier amour;
Et priere, & menace, & fierté de courage,
Tout vient pour le flechir d'estre mis en vsage;
Mais sur ce changement qui semble vous gesner;
L'ingratitude en vain vous le fait condamner,
Vos yeux rendent pour luy ce crime necessaire;
Et s'il cede au remords quelques fois pour vous plaire;
Quoy que vous ait promis ce repentir confus,
Si-tost qu'il vous regarde. il ne s'en souvient plus.

PHEDRE

Les dieux me sont témoins que de son injustice
Ie souffre malgré moy qu'il me rende complice,
Ce qu'il doit à ma Sœur meritoit que sa foy
Se fist de l'aimer seule une seuere loy;
Et quand des longs ennuis où ce refus l'expose,
Par ma facilité ie me trouve la cause,
Il n'est peine, suplice, où pour l'en garantir
La pitié de ces maux ne me fist consentir.
L'amour que j'ay pour luy me noircy peu vers elle,
Ie l'ay pris sans songer à la rendre infidelle.

Ou plutoſt i'ay ſenty tout mon cœur s'enflamer,
Avant que de ſçavoir ſi le voulois aimer.
Mais ſi ce feu trop prompt n'eut rien de volontaire,
Il dépendoit de moy de parler ou me taire;
I'ay parlé c'eſt mon crime & Theſée applaudy
A l'infidelité par là c'eſt enhardy.

    Ah qu'on ſe défend mal auprés de ce qu'on aime!
Ses regards m'expliquoient ſa paſſion extréme,
Les miens à la flater s'échapoient malgré moy,
N'eſtoit-ce pas aſſez pour corrompre ſa foy?
I'eus beau vouloir regler ſon ame trop charmée,
Il falut voir ſa flame, & ſouffrir d'eſtre aimée;
I'en craignis le péril, il me ſçeut ébloüir
Que de foibleſſe! il faut l'empeſcher d'en joüir;
Combatre inceſſamment ſon infidelle audace;
Allez, Pirithoüs, revoyez-le, de grace.
De peur qu'en mon amour il prenne trop d'appuy,
Oſtez-luy tout eſpoir que ie puiſſe eſtre à luy;
I'ay déja beaucoup dit dites-luy plus encore.

PIRITHOVS

Nous avancerions peu, Madame, il vous adore;
Et quand pour l'étonner à force de refus,
Vous vous obſtineriez à ne l'écouter plus,
Son ame toute à vous n'en ſeroit pas plus preſte
A ſuivre d'autres loix, & changer de conqueſte.
Quoy que le coup ſoit rude, achevons de fraper,
Pour ſervir Ariane il faut la détromper,
Il faut luy faire voir qu'une flame nouvelle
Ayant détruit l'amour que Theſée eut pour elle,
Sa ſeûreté l'oblige à ne pas dédaigner
La gloire d'un hymen qui la fera regner;
Le Roy l'aime, & ſon Trône eſt pour elle un azile;

PHEDRE

Quoy, ie la trahirois, elle qui trop facile.
Trop aveugle à m'aimer, ſe confié à ma foy,
Pour toucher un Amant qui la quitte pour moy?

Et quand elle sçauroit que par mes foibles charmes,
Pour luy percer le cœur j'aurois presté des armes,
Ie pourrois à ses yeux lâchement exposer
Les criminels appas qui la font méprifer?
Ie pourrois soûtenir le fensible reproche
Qu'un trop jufte couroux. .

PIRITHOVS

   Voyez qu'elle s'approche;
Parlons fon interest nous oblige à bannir
Tout l'efpoir que fon feu tâche d'entretenir.

SCENE II.

ARIANE. PIRITHOVS. PHEDRE. NERINE;

ARIANE.

HE' bien, ma Sœur? Thefée est-il inéxorable ?
N'avez-vous pû furprendre un foûpir favorable?
Et quand au repentir on le porte à ceder,
Croit-il que mon amour ofe trop demander?

PHEDRE

Madame, j'ay tout fait pour ébranler fon ame,
I'ay peint fon changement lâche, odieux, infamé;
Pirithous luy-mefme est témoin des efforts
Par où j'ay c ? pouvoir le contraindre au remords,
Il connoit & fon crime & fon ingratitude,
Il s'en hait, il en fent la peine la plus rude,
Ses ennuis de vos maux égalent la rigueur,
Mais l'Amour en Tyran difpofe de fon cœur,
Et le deftin plus fort que fa reconnoiffance,
Malgré ce qu'il vous doit l'entraine à l'inconstance;

ARIANE

Quelle excufe! & pour moy qu'il rend peu de combat!
Il hait l'ingratitude, & fe plaift d'eftre ingrat.
Puis qu'en fa dureté fon lâche cœur demeure,
Ma Sœur il ne fçait point qu'il faudra que j'en meure
Vous avez oublié de bien marquer l'horreur

Du fatal defefpoir qui regne dans mon cœur;
Vous avez oublié pour bien peindre ma rage,
D'affembler tous les maux dont on connoit l'image;
Il y feroit fenfible, & ne pourroit foufrir
Que qui fauva fes jours fuft forcée à mourir.

PHEDRE

Si vous fçaviez pour vous ce qu'a fait ma tendreffe,
Vous foupçonneriez moins...

ARIANE   I'ay tort ie le confeffe;

Mais dans un mal fous qui la conftance eft à bout,
On s'égare, on s'emporte, & l'on s'en prend à tout.

PIRITHOVS

Madame, de ces maux à qui la raifon cede;
Le temps qui calme tout eft l'unique remede.
C'eft par luy feul...   ARIANE

Les coups n'en font guere importans,
Quand on peut fe réfoudre à s'en remettre au temps,
Thefée eft infenfible à l'ennuy qui me touche,
Il y confent je veux l'apprendre de fa bouche;
Ie l'attendray, ma Sœur. qu'il vienne.

PIRITHOVS   Ie crains bien

Que vous ne vous plaigniez de ce trifte entretien.
Voir un ingrat qu'on aime, & le voir inflexible,
C'eft de tous les ennuis l'ennuy le plus fenfible;
Vous en fouffrirez trop, & pour peu de foucy...

ARIANE

Allez, ma Sœur, de grace & l'envoyez icy.

SCENE III.

ARIANE. PIRITHOVS. NERINE.
PIRITHOVS.

PAr ce que ie vous dis, ne croyez pas Madame,
Que ie veuille applaudir à fa nouvelle flame.
Sçachant ce qu'il devoit au genereux amour
Qui vous fit tout ofer pour luy fauver le jour,
Ie partageay dèflors l'heureufe deftinée

Qu'à

Qu'à ſes vœux les plus doux ofroit voſtre hymenée,
Et ie venois icy plein de reſſentiment
Rendre grace à l'Amante, en embraſſant l'Amant.
Iugez de ma ſurpriſe à le voir infidelle,
A voir que vers une autre une autre ardeur l'appelle;
Et qu'il ne m'attendoit que pour vous annoncer
L'injuſtice où l'Amour ſe plaiſt à le forcer.

ARIANE

Et ne devois-ie pas, quoy qu'il me fiſt entendre,
Penetrer les raiſons qui vous faiſoient attendre,
Et juger qu'en un cœur épris d'un feu conſtant
L'Amour à l'amitié ne defere pas tant?
Ah, quand il eſt ardent, qu'aiſément il s'abuſe!
Il croit ce qu'il ſouhaite, & prend tout pour excuſe.
Si Theſée avoit peu de ces empreſſemens
Qu'une ſenſible ardeur inſpire aux vrais Amans,
Ie croyois que ſon ame au deſſus du vulgaire
Dédaignoit de l'amour la conduite ordinaire,
Et qu'en ſa paſſion garder tant de repos,
C'eſtoit ſuivre en aimant la route des Heros.
Ie faiſois plus, j'allois juſqu'à voir ſans alarmes
Que des beautez de Naxe il eſtimaſt les charmes,
Et ne pouvois penſer qu'ayant receu ſa foy,
Quelques vœux égarez puſſent rien contre moy;
Mais enfin puis que rien pour luy n'eſt plus a taire,
Quel eſt ce rare Objet que ſon choix me prefere?

PIRITHOVS

C'eſt ce que de ſon cœur ie ne puis arracher.

ARIANE

Ma colere eſt ſuſpecte, il faut me le cacher.

PIRITHOVS

I'ignore ce qu'il craint, mais lors qu'il vous outrage,
Songez que d'un grand Roy vous recevez l'hommage
Il vous ofre ſon Trône, & malgré le Deſtin
Voſtre malheur par la trouve une heureuſe fin.
Tout vous porte, Madame, à ce grand Hymenée;

E

Pourriez-vous demeurer errante abandonnée?
Déja la Crete cherche à se vanger de vous;
Et minos...

         ARIANE

         J'en crains peu le plus ardent couroux:
Qu'il s'arme contre moy, que j'en sois poursuivie,
Sans ce que j'aime, helas! que faire de la vie?
Aux decrets de mon sort achevons d'obeïr,
Thesée avec le Ciel conspire à me trahir;
Rompre un si grand projet, ce seroit luy déplaire;
L'Ingrat veut que je meure il faut le satisfaire,
Et luy laisser sentir pour double chastiment,
Le remords de ma perte & de son changement.

         PIRITHOVS

Le voicy qui paroist, n'épargnez rien, Madame,
Pour rentrer dans vos droits, pour regagner son ame;
Et si l'espoir en vain s'obstine à vous flater,
Songez ce qu'offre un Trône à qui peut y monter.

SCENE IV.

ARIANE. THESE'E. NERINE.

         ARIANE

Approchez-vous Thesée, & perdez cette crainte;
Pourquoy dans vos regards marquez tant de
         contrainte,
Et m'aborder ainsi quand rien ne vous confond,
Le trouble dans les yeux, & la rougeur au front?
Vn Héros tel que vous, à qui la gloire est chere,
Quoy qu'il fasse ne fait que ce qu'il voit à faire;
Et si ce qu'on m'a dit a quelque verité,
Vous cessez de m'aimer je l'auray merité;
Le changement est grand mais il est légitime.
Je le croy; Seulement apprenez-moy mon crime;
Et d'où vient qu'exposée à de si rudes coups,
Ariane n'est plus ce qu'elle fut pour vous.

         THESE'E

Ah pourquoy le penser? Elle est toûjours la mesme,

Mesme zelé toûjours, sur mon respect extrémé,
Et le temps dans mon cœur n'affoiblira jamais
Le pressant souvenir de ses rares bienfaits;
M'en acquiter vers elle est ma plus forte envie;
Ouy, Madame, ordonnez de mon sang, de ma vie;
Si la fin vous en plaist, le sort me sera doux
Par qui j'obtiendray l'heur de la perdre pour vous.

ARIANE.

Si quand ie vous connus la fin eust pû m'en plaire,
Le destin la vouloit ie l'aurois laissé faire.
Par moy, par mon amour, le labyrinte ouvert,
Vous fit fuir le trépas à vos regards offerts;
Et quand à vostre foy cet amour s'abandonne,
Des sermens de respect sont le prix qu'on luy donne;
Par ce soin de vos jours qui m'a tout fait quitter,
N'aspirois-ie à rien plus qu'à me voir respecter?
Vn service pareil veut un autre salaire,
C'est le cœur, le cœur seul, qui peut y satisfaire,
Il a seul pour mes vœux ce qui peut les borner,
C'est luy seul..

THESE'E

Ie voudrois vous le pouvoir donner;
Mais ce cœur maigré moy vit sous une autre empire,
Ie le sens à regret ie rougis à le dire;
Et quand ie plains vos feux par ma flame déçûs
Ie hay mon injustice, & ne puis rien de plus.

ARIANE

Tu ne peux rien de plus! Qu'aurois-tu fait, Parjuré,
Si quand tu vins du monstre éprouver l'avanture,
Abandonnant ta vie à ta seule valeur,
Ie me fusse arrestée à plaindre ton malheur?
Pour meriter ce cœur qui pouvoit seul me plaire,
Si j'ay peu fait pour toy, que falloit-il plus faire?
Et que s'est-il offert que ie n'aîlle tenter,
Qu'en ta faveur ma flame ait craint d'executer?
Pour te sauver le jour dont ta rigueur me prive,
Ay-je pris à segret le nom de Fugitive?

La Mer, les vens l'exil ont-ils pû m'étonner ?
Te suivre c'estoit plus que me voir couronner.
Fatigues peines, maux j'aimois tout par leur cause;
Dy-moy que non. Ingrat si ta lâcheté l'ose;
Et desavoüant tout, éblouïs-moy si bien,
Que tu puisse penser que tu ne me dois rien.

THESE'E

Comment desavoüer ce que l'honneur me presse
De voir, d'examiner, de me dire sans cesse?
Si par mon changement ie trompe vostre choix.
C'est sans rien oublier de ce que ie vous doibs.
Ainsi joignez aux noms de Traistre de Parjure
Tout l'éclat que produit la plus sanglante injure;
Ce que vous me direz n'aura point la rigueur
Des reproches secrets qui déchirent mon cœur.
Mais pourquoy, m'accusant, en croistre les atteintes?
Madame, croyez-moy, ie ne veux pas vos plaintes;
L'oubly l'indifference & vos plus fiers mépris,
De mon manque de foy doivent estre le prix;
A monter sur le Trône un grand Roy vous invite,
Vangez vous en l'aimant d'un Lâche qui vous quitte
Quoy qu'aujourd'huy pour moy l'inconstance ait de
      doux,
Vous perdant pour jamais ie perdray plus que vous.

ARIANE

Quelle perte, grands Dieux quand elle est volontaire?
Périsse tout s'il faut cesser de t'estre chere.
Qu'ay-je affaire du Trône & de la main d'un Roy?
De l'Vnivers entier ie ne voulois que toy.
Pour toy, pour m'attacher à ta seule personne,
I'ay tout abandonné, repos gloire, Couronne;
Et quand ces mesmes biens icy me sont offerts,
Que ie puis en joüir, c'est toy seul que ie perds.
Pour voir leur impuissance à reparer ta perte,
Ie te suis, mene-moy dans quelque Isle deserte,
Où renonçant à tout, ie me laisse charmer

De l'unique douceur de te voir, de t'aimer
Là, possedant ton cœur, ma gloire est sans seconde,
Ce cœur me sera plus que l'Empire du Monde,
Point de ressentiment de ton crime passé,
Tu n'as qu'à dire un mot, ce crime est effacé;
C'en est fait, tu le vois ie n'ay plus de colere.

THESE'E
Vn si beau feu m'accable ; il devroit seul me plaire;
Mais telle est de l'Amour la tyrannique ardeur...

ARIANE.
Va tu me répondras des transports de mon cœur ;
Si ma flame sur toy n'avoit qu'un foible empire,
Si tu la dédaignois. il falloit me le dire,
Et ne pas m'engager par un trompeur espoir
A te laisser sur moy prendre tant de pouvoir.
C'est là, sur tout, c'est là ce qui souille ta gloire,
Tu t'es plû sans m'aimer à me le faire croire,
Tes indignes sermens sur mon credule esprit...

THESE'E.
Quand ie vous les ay faits j'ay crû ce que j'ay dit,
Ie partois glorieux d'estre vostre conqueste;
Mais enfin dans ces lieux poussé par la tempeste,
I'ay trop veû ce qu'à voir me convioit l'Amour,
I'ay trop...,

ARIANE
Naxe te change? Ah funeste sejour!
Dans Naxe tu le sçais. un Roy grand, magnanime,
Pour moy des qu'il me vit, prit une tendre estime.
Il soûmit à mes vœux & son Trône & sa foy;
Quoy qu'il ait pû m'offrir, ay-ie fait comme toy?
Si tu n'es point touché de ma douleur extreme.
Rends-moy ton cœur, Ingrat. par pitié de toy-mesme;
Ie ne démande point quelle est cette Beauté
Qui semble te contraindre à l'infidelité:
Si tu crois quelque honte à la faire connoistre,
Ton secret est à toy; mais qui qu'elle puisse estre,
Pour gaigner ton estime, & meriter ta foy,

Peut-estre elle n'a pas plus de charmes que moy,
Elle n'a pas du moins cette ardeur toute pure
Qui m'a fait pour te suivre étoufer la Nature;
Ces beaux feux qui volant d'abord à ton secours,
Pour te sauver la vie, ont exposé mes jours;
Et si de mon amour ce tendre sacrifice
De ta legereté ne rompt point l'injustice,
Pour ce nouvel Objet, ne luy devant pas tant,
Par où présumes-tu pouvoir estre constant?
A peine ton hymen aura payé sa flame,
Qu'un violent remords viendra saisir ton ame;
Tu ne pourras plus voir ton crime sans effroy,
Et qui sçait ce qu'alors tu sentiras pour moy?
Qui sçait par quel retour ton ardeur refroidie
Te fera détester ta lâche perfidie?
Tu verras de mes feux les transports éclatans,
Tu les regreteras, il ne sera plus temps,
Ne précipite rien, quelque amour qui t'appelle,
Prens conseil de ta gloire avant qu'estre infidelle.
Vois Ariane en pleurs, Ariane autrefois
Toute aimable à tes yeux méritoit bien ton choix!
Elle n'a point changé, d'où vient que ton cœur chan-
    ge?   **THESE'E**
Par un amour forcé qui sous ses loix me range,
Ie le croy comme vous; le Ciel est juste, un jour
Vous me verrez puny de ce perfide amour;
Mais à sa violence il faut que ma foy cede,
Ie vous l'ay déja dit, c'est un mal sans remede.

           ARIANE
Ah c'est trop, puis que rien ne te sçauroit toucher,
Parjure, oublie un feu qui dust t'estre si cher;
Ie ne demande plus que ta lâcheté cesse,
Ie rougis d'avoir pû m'en soufrir la bassesse.
Tire-moy seulement d'un sejour odieux
Où tout me desespere, où tout blesse mes yeux
Et pour faciliter ta coupable entreprise,

Remené-moy Barbare, aux lieux où tu m'as prise,
La Crete où pour toy seul ie me suis fait hair,
Me plaira mieux que Naxe où tu m'ores trahir.

THESE'E

Vous remener en Crete! O. bliez-vous, Madame.
Ce n'est pour vous un Pere &quel couroux l'enflame?
Songez-vous quel ennuis vous y sont apprestez?

ARIANE

Laisse les moy souffrir, ie les ay méritez;
Mais de ton faux amour les feintes concertées,
Tes noires trahisons. les ay-ie méritées?
Et ce qu'en ta faveur il m'a plû d'immoler
Te rend-il cette foy que tu veux violer?
Vaine & fausse pitié quand ma mort peut te plaire!
Tu crains pour moy les maux que j'ay voulu me faire,
Ces maux qu'ont tant hâtez mes plus tédres souhaits,
Et tu ne trembles point de ceux que tu me fais?
N'espere pas pourtant éviter le suplice
Que toûjours apres soy fait suivre l'injustice.
Tu rôps ce que l'Amour forma de plus beaux nœuds,
Tu m'arraches le cœur, j'en mourray tu le veux;
Mais quitte des ennuis où m'enchaîne la vie,
Croy déja croy me voir de ma douleur suivie
Dans le fonds de t'on ame armer pour te punir,
Ce qu'a de plus funeste un fatal souvenir,
Et te dire d'un ton & d'un regard severe.
I'ay tout fait. tout osé pour t'aimer pour te plaire,
I'ay trahy mon Pays, & mon pere & mon Roy;
Cependant voy le prix Ingrat que j'en reçoy.

THESE'E

Ah si mon changement doit causer vostre perte,
Frapez. prenez ma vie elle vous est offerte.
Prévenez par ce coup le forfait odieux
Qu'un amour trop aveugle...

ARIANE   Oste-toy de mes yeux,

De ta constance ailleurs va montrer les mérites,

Ie ne veux pas avoir l'affront que tu me quittes:

THESE'E

Madame... **ARIANE**

Oſte-toy, dis-ie, & me laiſſe en pouvoir
De te haïr autant que ie le croy dévoir.

SCENE V.

ARIANE NERINE.

ARIANE

IL ſort, Nerine, Helas! **NERINE**

Qu'auroit fait ſa preſence,
Qu'accroiſtre de vos maux la triſte violence?

ARIANE

M'avoir ainſi quittée, & par tout me trahir!

NERINE

Vous l'avez commandé.

ARIANE Devoit-il obeïr?

NERINE

Que vouliez-vous qu'il fiſt? Vous preſſiez ſa retraite.

ARIANE.

Qu'il ſçeuſt en s'emportant ce que l'Amour ſouhaite,
Et qu'à mon deſeſpoir ſoufrant un libre cours,
Il s'entendiſt chaſſer, & demeuraſt tousjours.
Quoy que ſa trahiſon & m'accable & me tuë,
Au moins j'aurois joüy du plaiſir de ſa veuë
Mais il ne ſçauroit plus ſoufrir la mienne ah Dieux !
As-tu veu quelle joye a paru dans ſes yeux ?
Combien il eſt ſorty ſatisfait de ma haine?
Que de mépris! **NERINE**

Son crime auprès de vous ie gesne,
Madame, & n'ayant point d'excuſe à vous donner,
S'il vous fuit, j'y voy peu dequoy vous étonner:
Il s'épargne une peine à peu d'autres égale.

ARIANE

M'en voir trahir! Il faut découvrir ma Rivale.

examine

Examine avec moy. De toute cette Cour
Qui crois-tu la plus propre à donner de l'amour?
Est-ce Megiste, Æglé qui le rend infidelle?
De tout ce qu'il y voit Cyane est la plus belle,
Il luy parle souvent, mais pour m'oster sa foy,
Doit-elle estre à ses yeux plus aimable que moy?
   Vains & foibles appas qui m'aviez trop flatée,
Voila vostre pouvoir, un lâche m'a quittée;
Mais si d'un autre amour il se laiss: ebloüir,
Peut estre il n'aura pas la douceur d'en joüir,
Il verra ce que c'est que de me percer l'ame.
Allons. Nerine allons. ie suis Amante & Femme;
Il veut ma mort, j'y cours, mais avant que mourir,
Ie ne sçay qui des deux aura plus à souffrir.

ACTE IV.
SCENE PREMIERE.
OENARVS. PHEDRE.
OENARVS

VV si grand changemēt ne peut trop me surprēdre,
I'en ay la certitude, & ne le puis comprendre.
Apres ce pur amour dont il suivoit la loy,
Thesée à ce qu'il aime ose manquer de foy?
Dans la rigueur du coup, ie ne voy qu'avec crainte
Ce qu'au cœur d'Ariane il doit porter d'atteinte,
I'en tremble & si tantost luy peignant mon amour
Ie voulois estre plaint, ie la plains à son tour.
Perdre un bien qui jamais ne permit d'esperance,
N'est qu'un mal dont le temps calme la violence,
Mais voir un bel espoir tout-à-coup avorter,

F

Paſſe tous les malheurs qu'on ait à redouter;
C'eſt du couroux du Ciel la plus funeſte preuve;

PHEDRE

Ariane, Seigneur en fait la triſte épreuve,
Et ſi de ſes ennuis vous n'arreſtez le cours,
J'ignore pour le rompre où chercher du ſecours,
Son cœur eſt accablé d'une douleur mortelle.

OENARVS

Vous ne ſçavez que trop l'amour que j'ay pour elle;
Il veut, il ofre tout : mais helas, je crains bien
Que cet amour ne parle, & qu'il n'obtienne rien.
Si Theſée a changé, j'en feray responsable.
C'eſt dans ma Cour qu'il trouve un autre Objet aima-
Et sans doute on voudra que je ſois le garand   [ble,
De l'hommage inconnu que ſa flame luy rend.

PHEDRE

Je doute qu'Ariane, encor que mépriſée,
Veuille par voſtre hymen ſe vanger de Theſée;
Et ſi ce changement vous permet d'eſperer,
Il ne faut pas, Seigneur, vous y trop aſſurer.
Mais quoy qu'elle reſolve apres la perfidie
Qui doit tenir pour luy ſa flame refroidie,
Qu'elle accepte vos vœux, ou refuſe vos ſoins;
La gloire vous oblige à ne l'aimer pas moins.
Vous luy pouvez toûjours ſervir d'appuy fidelle,
Et c'eſt ce que je viens vous demander pour elle;
Si la Crete vous force à d'injuſtes combats,
Au couroux de Minos ne l'abandonnez pas,
Vous ſçavez les perils où ſa fuite l'expoſe.

OENARVS

Ah, pour l'en garantir, il n'eſt rien que je n'oſe,
Madame, & vous verrez mon Trône trébucher
Avant que je neglige un intereſt ſi cher.
Plût aux Dieux que ce ſoin la tinſt ſeul inquieté;

PHEDRE

Voyez dans quels ennuis ce changement la jette.

Son visage vous parle, & sa triste langueur
Vous fait lire en ses yeux ce que souffre son cœur.

SCENE II.

OENARVS. ARIANE. PHEDRE. NERINE.
OENARVS

MAdame, Ie ne sçay si l'ennuy qui vous touche
Doit m'ouvrir pour vous plaindre, ou me fer-
mer la bouche.
'Apres les sentimens que j'ay fait voir pour vous,
Ie dois, qnoy qui vous blesse en partager les coups,
Mais si j'ose assurer que jusqu'au fonds de l'ame
Ie sens le changement qui trahit vostre flame,
Que ie le mets au rang des plus noirs attentats,
I'aime, il m'oste un Rival, vous ne me croirez pas,
Il est certain pourtant. & le Ciel qui m'écoute
M'en fera le témoin, si vostre cœur en doute,
Que si de tout mon sang ie pouvois racheter
Ce que...   ARIANE
          Cessez, Seigneur, de me le protester.
S'il dépendoit de vous de me rendre Thesée,
La gloire y trouveroit vostre ame disposée :
Ie le croy de ce cœur qui sçeut tout m'immoler,
Aussi veux-ie avec vous ne rien dissimuler.
    I'aimay Seigneur, apres mon infortune extréme,
Il me seroit honteux de dire encor que j'aime.
Ce n'est pas que le cœur qu'un vray mérite émeut,
Cesse d'estre sensible au moment qu'il le veut,
Le mien fut à Thesée, & ie l'en croyois digne,
Ses vertus à mes yeux estoient d'un prix insigne,
Rien ne brilloit en luy que de grand de parfait,
Il faignoit de m'aimer, ie l'aimois en effet,
Et comme d'une foy qui sert à me confondre,
Ce qu'il doit à ma flame eut lieu de me répoudré,
Malgré l'ingratitude ordinaire aux Amans,

D'autres que moy peut-estre auroient crû ses sermens;
Ie m'immolois entiere à l'ardeur d'un pur zele,
Cet effort valoit bien qu'il fust toûjours fidelle.
Sa perfidie enfin n'a plus rien de secret,
Il la fait éclater, ie la vois à regret,
C'est d'abord un ennuy qui ronge, qui devore,
I'en ay déja soufert, i'en puis soufrir encore;
Mais quand à n'aimer plus un grand cœur se resout,
Le vouloir c'est assez pour en venir à bout ;
Quoy qu'un pareil triomphe ait de dur de funeste;
On s'arrache à soy-mesme, & le temps fait le reste;
  Voila l'état, Seigneur, où ma triste raison
A mis enfin mon ame apres sa trahison.
Vous avez sçeu tantost par un aveu sincere
Que sans luy vostre amour eust eu dequoy me plaire ;
Et que mon cœur touché du respect de vos feux,
S'il ne m'eust pas aimée, eust accepté vos vœux:
Puis qu'il me rend à moy, ie vous tiendray parole;
Mais apres ce qu'il faut que ma gloire s'immole,
Etoufant un amour & si tendre & si doux,
Ie ne vous répons pas d'en prendre autant que vous;
Ce sont des traits de feu que le temps seul imprime,
I'ay pour vostre vertu la plus parfaite estime:
Et pour estre en état de remplir vostre espoir,
Cette estime suffit à qui sçait son devoir.

OENARVS

Ah, pour la mériter, si le plus pur hommage...

ARIANE

Seigneur, dispensez-moy d'en ouïr davantage.
I'ay tous les sens encor de trouble embarassez.
Ma main dépend de vous, ce vous doit estre assez;
Mais pour vous la donner, j'avoûray ma foiblesse.
I'ay besoin qu'un Ingrat par son hymen m'en presse;
Tant que ie le verrois en pouvoir d'estre à moy,
Ie prétendrois en vain disposer de ma foy.
Vn feu bien allumé ne s'éteint qu'avec peine,

Le parjure Thefée a merité ma haine,
Mon cœur veut eftre à vous, & ne peut mieux choifir
Mais s'il me voit me parle il peut s'en refaifir,
L'Amour par le remords aifément fe defarme.
Il ne faut quelquefois qu'un foûpir qu'une larme:
Et du plus fier couroux quoy qu'on fe foit promis,
On ne tient pas longtemps contre un Amant foûmis,
Ce font vos intérefts Que fans m'en vouloir croire,
Thefée à fes defirs abandonne fa gloire:
Dés que d'un autre Objet ie le verray l'Epoux,
Si vous m'aimez encor, Seigneur, ie fuis à vous,
Mon cœur de voftre hymen fe fait un heur suprémé;
Et c'eft ce que ie veux luy declarer moy-mefme.
Qu'on le faffe venir. allez Nerine. Ainfy
De mon cœur, de ma foy, n'ayez aucun foucy:
Aprés ce que j'ay dit. vous en eftes le maiftre.

OENARVS
Ah, Madame, par où puis-ie affez reconnoiftre...

ARIANE
Seigneur un peu de tréve, en l'état où ie fuis,
I'ay comblé voftre efpoir, c'eft tout ce que ie puis;

SCENE III.
ARIANE. PHEDRE.
PHEDRE

CE retour me furprend : tantoft contre Thefée
Du plus ardent couroux vous eftiez embrafée,
Et déja la raifon a calmé ce transport?

ARIANE
Que ferois-ie. ma Sœur? c'eft un Arreft du Sort.
Thefée a réfolu d'achever fon parjure.
Il veut me voir foufrir ie me tais, & j'endure.

PHEDRE
Mais vous répondez-vous d'oublier aifément
Ce que fa paffion eut pour vous de charmant?
D'avoir à d'autres vœux un cœur fi peu contraire,

ARIANE

Que...

Ie n'ay rien promis que ie ne veuille faire,
Qu'il s'engage à l'hymen, j'espouseray le Roy.

PHEDRE

Quoy, par vostre aveu mesme il donnera sa foy,
Et lors que son amour a tant receu du vostre,
Vous le verrez sans peine entre les bras d'une autre?

ARIANE

Entre les bras d'une autre! Avant ce coup, ma Sœur,
I'aime, ie suis trahie, on connoistra mon cœur.
Tant de périls bravez, tant d'amour, tant de zele,
M'auront fait mériter les soins d'un infidelle?
A ma honte par tout ma flame aura fait bruit,
Et ma lâche Rivale en cueillira le fruit?
I'y donneray Bon ordre : il faut pour la connoistre
Empescher, s'il se peut, ma fureur de paroistre ;
Moins l'amour outragé fait voir d'emportement,
Plus quand le coup approche il frape s. ûrement,
C'est par là qu'affectant une douleur aisée,
Ie feins de consentir à l'hymen de Thesée,
A sçavoir son secret j'interesse le Roy.
Pour l'apprendre, ma Sœur, travaillez avec moy,
Car ie ne doute point qu'une amitié sincere
Contre sa trahison n'arme vostre colere,
Que vous ne ressentiez tout ce que sent mon cœur.

PHEDRE

Madame, vous sçavez.,

ARIANE   Ie vous connoy ma Sœur

Aussi c'est seulement en vous ouvrant mon ame,
Que dans son desespoir ie soulage ma flame.
Que de projets trahis! Sans cet indigne abus
I'arrestois vostre hymen avec Pirithous,
Et de mon amitié cette marque nouvelle
Vous doit faire encor plus haïr mon Infidelle ;
Sur le bruit qu'aura fait son changement d'amour,
Sçachez adroitement ce qu'on dit à la Cour,
Voyez Æglé, Megiste, & parlez d'Ariane :

Mais fur tout prenez foin d'entretenir Cyané,
C'eft elle qui d'abord a frapé mon efprit,
Vous fçavez que l'Amour aifément fe trahit,
Obfervez fes regards, fon trouble, fon filence.

PHEDRE

I'y prens trop d'intereft pour manquer de prudence,
Dans l'ardeur de vanger tant de droits violez,
C'eft donc cette Rivale à qui vous en voulez?

ARIANE

Pour porter fur l'ingrat un coup vrayement terrible,
Il faut frapper par là c'eft fon endroit fenfible;
Vous-mefme jugez-en. Elle me fait trahir,
Par elle ie pers tout, la puis-ie affez hair?
Puis-ie affez confentir à tout ce que la rage
M'ofre de plus fanglant pour vanger mon outrage?
Rien aprés ce forfait ne me doit retenir,
Ma Sœur, il eft de ceux qu'on ne peut trop punir.
    Si Thefée oubliant une amour ordinaire,
M'avoit manqué de foy dans la Cour de mon Pere;
Quoy, que put le dépit en fecret m'ordonner,
Cette infidelité feroit à pardonner,
Ma Rivale, dirois-ie a pû fans iniuftice
D'un cœur qui fut à moy cherir le facrifice:
La douceur d'eftre aimée ayant touché le fien,
Elle a deû preferer fon intereft au mien.
Mais Etrangere icy, pour l'avoir ofé croire,
I'ay facrifié tout, iufqu'au foin de ma gloire;
Et pour ce qu'a quitté ma trop crédule foy,
Ie n'avois que ce cœur que ie croyoit à moy.
Ie le pers, on me l'ofte, il n'eft rien que n'effayé
La fureur qui m'anime, afin qu'on me le paye
I'en mettray haut le prix, c'eft à luy d'y penfer.

PHEDRE

Ce revers eft fenfible, il faut le confeffer,
Mais quand vous connoiftrez celle qu'il vous préferé;
Pour vanger voftre amour, que pretendez-vous faire?

ARIANE

L'aller trouver, la voir & de ma propre main
Luy mettre, luy plonger un poignard dans le sein:
Mais pour mieux adoucir les peines que j'endure,
Ie veux porter le coup aux yeux de mon Parjure,
Et qu'en son cœur les miens penétrent à loisir.
Ce qu'aura de mortel son affreux déplaisir,
Alors ma passion trouvera de doux charmes
A joüir de ses pleurs comme il fait de mes larmes;
Alors il me dira, si se voir lâchement
Arracher ce qu'on aime, est un leger tourment.

PHEDRE

Mais sans l'authoriser à vous estre infidelle,
Cette Rivale a pû le voir bruler pour elle?
Elle a peine à ses vœux peut-estre à consentir?

ARIANE

Point de pardon ma Sœur, il falloit m'avertir.
Son silence fait voir qu'elle a part au parjure.
Enfin il faut du sang pour l'aver mon injure.
De Thesée, il est vray, ie puis percer le cœur;
Mais si ie m'y resous, vous n'avez plus de Sœur;
Vous aurez beau vouloir que mon bras se retienne,
Tout perfide qu'il est, ma mort suivra la sienne,
Et sur mon propre sang l'ardeur de nous unir
Me le fera vanger aussitost que punir.
Non, non un sort trop doux suivroit sa perfidie,
Si mes ressentimens se bornoient à sa vie;
Portons portons plus loin l'ardeur de l'accabler,
Et donnons, s'il se peut, aux Ingrats à trembler.
　Vous figurez-vous bien son desespoir extrême,
Quand dégoutante encor du sang de ce qu'il aime,
Ma main offerte au Roy dans ce fatal instant
Bravera jusqu'au bout la douleur qui l'attend?
C'est en vain de son cœur qu'il croit m'avoir chassée,
Ie n'y suis pas peut-estre encor toute effacée;
Et ce sera dequoy mieux combler son ennuy,

Que de vivre à ses yeux pour un autre que luy.

PHEDRE

Mais pour aimer le Roy vous sentez-vous dâs l'ame,;

ARIANE

Et le moyen ma Sœur qu'un autre Objet m'enflame?
Iamais, soit qu'on se trompe, ou reüssice au choix,
Les fortes passions ne touchent qu'une fois.
Ainsi l'hymen du Roy me tiendra lieu de peine;
Mais ie dois à mon cœur ce.re cruelle gesne,
C'est luy qui m'a fait prendre un trop indigne amour
Il m'a trahie, il faut le trahir à mon tour,
Ouy, ie le puniray de n'avoir pâ connoistre
Qu'en parlant pour Thesée, il parloit pour un traistre,
D'avoir .. Mais le voicy, contraignons-nous si bien,
Que de mon artifice il ne soupçonne rien.

SCENE IV.

ARIANE. THESE'E. PHEDRE. NERINE.

ARIANE

ENfin à la raison mon couroux rend les armes,
De l'Amour aisémêt on ne vainc pas les charmes;
Si c'estoit un effort qui dépendist de nous,
Ie regrettrois moins ce que ie pers en vous.
Il vous force à changer il faut que j'y consente.
Au moins c'est de vos soins une marque obligeante,
Que par ces nouveaux feux ne pouvant estre à moy,
Vous preniez interest à me donner au Roy.
Son Trône est un appuy qui flate ma disgrace,
Mais ce n'est que par vous que j'y puis prendre place.
Si l'infidelité ne vous peut étonner,
I'en veux avoir l'exemple, & non pas le donner.
C'est peu qu'aus yeux de tous vous bruliez pour une
    autre,
Tout ce que peut ma main, c'est d'imiter la vostre:
Lors que par vostre hymen m'ayant rendu ma foy,
Vous m'aurez mise en droit de disposer de moy.

G

Pour me faire joüir des biens qu'on me préparé,
C'eſt à vous de haſter le coup qui nous ſepare,
Voſtre intereſt le veut encor plus que le mien.

THESE'E

Madame ie n'ay pas...

ARIANE Ne me repliquez rien.

Si ma perte eſt un mal dont voſtre cœur ſoûpiré,
Vos remords trouveront le temps de me le dire;
Et cependant, ma Sœur qui peut vous écouter,
Sçaura ce qu'il vous reſte encor à conſulter.

SCENE V.

PHEDRE, THESE'E.

THESE'E

LE Ciel à mon amour ſeroit-il favorable,
Iuſqu'à rendre ſi-toſt Ariane exorable?
Madame, quel bonheur qu'après tant de ſoûpirs
Ie puiſſe ſans contrainte expliquer mes deſirs,
Vous peindre en liberté ce que pour vous m'inſpire,

PHEDRE

Renfermez-le, de grace, & craignez d'en trop dire;
Vous voyez que j'obſerve, avant que vous parlez,
Qu'aucun témoin icy ne ſe puiſſe couler.
    Vn grand calme à vos yeux commence de paroiſtre;
Tremblez, Prince, tremblez, l'orage eſt preſt de naiſtre
Tout ce que vous pouvez vous figurer d'horreur
Des violens projets de l'Amour en fureur,
N'eſt qu'un foible crayon de la ſecrete rage
Qui poſſede Ariane, & trouble ſon courage.
L'aveu qu'à voſtre hymen elle ſemble donner,
Vers le piege tendu cherche à vous entraîner.
C'eſt par là qu'elle croit découvrir ſa Rivale;
Et dans les vifs tranſports que ſa vangeance étale,
Plus le ſang nous unit, plus ſon reſſentiment,
Quand ie ſeray connuë, aura d'emportement.

Rien ne m'en peut ſauver ma mort eſt aſſurée,
Tout-à-l'heure avec moy ſa haine l'a jurée,
I'en ay receu l'Arreſt ainſi le fort amour
Souvent ſans le ſçavoir mettant ſa flame au jour,
Mon ſang doit s'appreſter à laver ſon outrage;
Vous l'avez voulu Prince achevez voſtre outrage.

THESE'E

A quoy que ſon couroux puiſſe eſtre diſpoſé,
Il eſt pour s'en défendre un moyen bien aiſé.
Ce calme qu'elle aff. ſte afin de m: ſurprendre,
Ne me fait que trop voir ce que j'en dois attendre;
La foudre gronde; il faut vous mettre hors d'état
D'en ouïr la menace & d'en craindre l'éclat.
Fuyons d'icy, Madame, & venez dans Athenes,
Par un heureux hymen, voir la fin de nos peines.
I'ay mon Vaiſſeau tout preſt Dés cette meſme nuit
Nous pouvons de ces lieux diſparoiſtre ſans bruit.
Quand meſme pour vos jours nous n'aurions rien à
craindre,
Aſſez d'autres raiſons nous y doivent contraindre;
Ariane forcée à renoncer à moy,
N'aura plus de pretexte à refuſer le Roy.
Pour ſon propre intereſt il faut s'éloigner d'elle.

PHEDRE

Et qui me répondra que vous ſerez fidelle?

THESE'E.

Ma foy; que ny le temps ny le Ciel en couroux.

PHEDRE

Ma Sœur l'avoit receu en fuyant avec vous.

THESE'E

L'emmener avec moy fut un coup neceſſaire,
Il falloit la ſauver de la fureur d'un Pere,
Et la reconnoiſſance eut part ſeule aux ſermens
Par qui mon cœur du ſien oya les ſentimens.
Ce cœur violenté n'aimoit qu'avec étude;
Et quand il entreroit un peu d'ingratitude

Dans ce manque de foy qui vous semble odieux,
Pourquoy me reprocher un crime de vos yeux?
L'habitude à les voir me fit de l'inconstance
Vne necessité dont rien ne me dispence;
Et si j'ay trop flaté cette credule Sœur,
Vous en estes complice aussi bien que mon cœur.
Vous voyant aupres d'elle, & mon amour extrême
Ne pouvant avec vous s'expliquer par vous-mesme,
Ce que ie luy disois d'engageant & de doux
Vous ne sçaviez que trop qu'il s'adressoit à vous.
Ie n'examinois point en vous ouvrant mon ame,
Si c'estoit d'Ariane entretenir la flame;
Ie songeois seulement à vous marquer ma foy,
Ie me faisois entendre & c'estoit tout pour moy.

PHEDRE

Dieux quelle en souffrira! que d'ennui! que de larmes
I'en sens naistre en mon cœur les plus rudes alarmes,
Il voit avec horreur ce qui doit arriver,
Cependant j'ay trop fait pour ne pas achever.
Ces foudroyans regards, ces accablans reproches,
Dont par son desespoir ie voy les coups si proches,
Pour moy pour une Sœur sont plus à redouter
Que cette triste mort qu'elle croit m'apprester.
Elle a sçeu vostre amour, elle sçaura le reste.
De ses pleurs, de ses cris, fuyom l'éclat funeste,
Ie voy bien qu'il le faut; mais las!

THESE   Vous soûpirez?

PHEDRE

Ouy. Prince. Ie veux trop ce que vous desirez.
Elle se fie à moy cette Sœur elle m'aime,
C'est une ardeur sincere, une tendresse extréme,
Iamais son amitié ne me refusa rien,
Pour l'en récompenser je luy vole son bien.
Ie l'expose aux rigueurs du sort le plus severe,
Ie la tue & c'est vous qui me le faites faire.
Pourquoy vous ay-ie aimé?

THESE'E

Vous en repentez-vous ?

PHEDRE

Ie ne ſçay, pour mon cœur il n'eſt rien de plus doux;
Mais vous le remarquez ce cœur tremble ſoûpire,
Et perdant une Sœur ſi j'oſe encor le dire,
Vous la laiſſez dans Naxe en proye à ſes douleurs,
Voſtre legereté me peut laiſſer ailleurs.
Qui voudra plaindre alors les ennuis de ma vie
Sur l'exemple éclatant d'Ariane trahie?
Ie l'auray bien voulu, mais ç'en eſt fait, partons.

THESE'E

En vain... PHEDRE

Le temps ſe perd quand nous en conſultons.
Si vous blâmez la crainte où ce ſoupçon me livre,
I'en repare l'outrage en m'offrant à vous ſuivre;
Puis qu'à ce grand effort ma flame ſe réſout,
Donnez l'ordre qu'il faut, ie ſeray preſte à tout.

ACTE V.

SCENE PREMIERE.

ARIANE. NERINE.

NERINE

VN peu plus de pouvoir, Madame ſur vous-meſme,
A quoy ſert ce tranſport ce deſeſpoir extrême?
Vous avez dans un trouble à nul autre pareil
Prévenu ce matin le lever du Soleil.
Dans le Pallais errante interdite abatuë,
Vous avez laiſſe voir la douleur qui vous tuë.
Ce ne ſont que ſoûpirs, que larmes, que ſanglots,

ARIANE

On me trahît Nerine, où trouver du repos?
Quoy, ce parfait amour dont mon ame ravie
Ne croyoit voir la fin qu'en celle de ma vie,
Ces feux ces tendres feux pour moy trop allumez,
Dans le cœur d'un Ingrat sont déja consumez?
Thesée avec plaisir a pû les voir éteindre.
Ma mort n'est qu'un malheur qui ne vaut pas le
    craindre;
Et ce parjure Amant qui se rit de ma foy,
Quoy qu'il vine toûjours, ne vivra plus pour moy?
Que fait Pirithoüs, Viendra-t-il?

NERINE   Ouy, Madame,

Ie l'ay fait avertir.   **ARIANE**

       Quels combats dans mon ame!

NERINE

Pirithous viendra; mais ce transport jaloux
Qu'attend-il de sa veuë, & que luy direz-vous?

ARIANE.

Dans l'excés étonnant de mon cruel martire,
Helas! demandes-tu ce que ie pourray dire!
Dust ma douleur sans cesse avoir le mesme cours,
Se plaint-on trop souvent de ce qu'on sent toûjours?
    Tu dis donc qu'hyer au soir chacun avec murmure
Parloit diversement de ma triste avanture?
Que la jeune Cyane est celle que l'on croit
Que Thesée...   **NERINE**

       On la nomme à cause qu'il la voit,
Mais qu'en pouvoir juger? il voit Phédre de mesme,
Et cependant, Madame est-ce Phédre qu'il aime?

ARIANE

Que n'a-t-il pû l'aimer? Phédre l'auroit connu,
Et par là mon malheur eust esté prevenu;
De sa flame par elle aussi-tost avertie,
Dans sa premiere ardeur ie l'aurois amortie.
Par où vaincre d'ailleurs les rebuts de ma Sœur?

NERINE

En vain il auroit crû pouvoir toucher son cœur,
Ie le sçay, mais enfin quand un Amant sçait plaire,
Qui consent à l'oüir peut aimer, & se taire.

ARIANE

Ie soupçonnerois Phédre, elle de qui les pleurs
Sembloient en s'embarquant présager nos malheurs?
Avant que la resoudre à seconder ma fuite,
A quoy pour la gagner ne fus-ie pas reduite?
Combien de resistance & d'obstinez refus?

NERINE

Vous n'avez rien, Madame, à craindre là-dessus;
Ie connois sa tendresse, elle est pour vous si forte,
Qu'elle mourroit plutost...

ARIANE　　　　Ie veux la voir, n'importé,
Va, fais-luy promptement sçavoir que ie l'attens,
Dy-luy que le sommeil l'arreste trop longtemps,
Que ie sens ma douleur croistre par son absence.
Qu'elle est heureuse, helas! dans son indifference!
Son repos n'est troublé d'aucun mortel soucy,
Pirithous paroist, fay-la venir icy.

SCENE II.

ARIANE, PIRITHOVS.

ARIANE

HE' bien? puis-ie accepter la main qui m'est offerte
Le Roy s'empresse-t-il à repaser ma perte?
Et pour me laisser libre à payer son amour,
De l'hymen de Thesée a-t-on choisi le jour?

PIRITHOVS

Le Roy sur ce projet entretint hier Thesée,
Mais il trouva son ame encor mal disposée;
Il est pour les Ingrats de rigoureux instans,
Thesée en fit l'épreuve, & demanda du temps.

ARIANE

Differer d'estre heureux apres son inconstance,
C'est montrer en aimant bien peu d'impatience;
Et ce nouvel Objet dont son cœur est épris,
Y doit pour son amour croire trop de mépris.
Pour moy, ie l'avoûray, sa trahison me fâche;
Mais puis qu'en me quittant il luy plaist d'estre lâche
Si ie dois estre au Roy, ie voudrois que sa main
Eust pû déja fixer mon destin incertain
L'irresolution m'embarasse & me gesne.

PIRITHOVS

Si l'on m'avoit dit vray, vous seriez hors de peine;
Mais, Madame, ie puis estre mal averty.

ARIANE

Et dequoy, Prince?   PIRITHOVS

                On dit que Thesée est party.
Par là vous seriez libre.

          ARIANE   Ah, que viens-ie d'entendre?
Il est party, dit-on?   PIRITHOVS

                Ce bruit doit vous surprendre;

ARIANE

Il est party ! Le Ciel me trahiroit toûjours
Mais non que deviendroient ses nouvelles amours?
Feroit-il cet outrage à l'Objet qui l'enflame?
L'abandonneroit-il?   PIRITHOVS

                Ie ne sçay, mais, Madame,
Vn Vaisseau cette nuit s'est échapé du Port.

ARIANE.

Ce n'est pas luy sans doute, on le soupçonne à tort.
Peut-il estre party sans que le Roy le sçache?
Sans que Pirithous à qui rien ne se cache,
Sans qu'enfin... Mais dequoy me voudrois-ie étonner?
Que ne peut-il pas faire Il m'ose abandonner,
Oublier un amour q' si tout jours trop fidelle
M'oblige encor pour luy...

SCENE III.

ARIANE. PIRITHOVS NERINE.

ARIANE à *Nerine.*

Ov fait ma Sœur? Vient-elle ?
Avec qu'elle surprise elle va recevoir
La nouvelle d'un coup qui confond mon espoir!
D'un coup par qui ma haine à languir est forcee!

NERINE

Madame, j'ay longtemps...

ARIANE   Où l'as-tu donc laissée?
Parle.   NERINE
          De tous costez j'ay couru vainement,
On ne la trouve point dans son Appartement.

ARIANE

On ne la trouve point ! Quoy, si matin ! Ie tremble,
Tant de maux à mes yeux viennent s'ofrir ensemble ,
Que stupide égarée, en ce trouble importun.
De crainte d'en trop voir, ie n'en regarde aucun.
N'as tu rien ouy dire?   NERINE
          On parle de Thesée.
On veut que cette nuit voyant la fuite aisée...
          ARIANE
O nuit ! ô trahison dont la double noirceur
Passe tout... Mais pourquoy m'alarmer de ma Sœur ?
Sa tendresse pour moy, l'interest de sa gloire,
Sa vertu, tout enfin me defend de rien croire,
Cependant contre moy quand tout prend son party,
Elle ne paroist point, & Thesée est party.
Qu'on la cherche c'est trop languir dans ce suplice,
Ie m'en sens accablée, il est temps qu'il finisse,
Quoy que mon cœur rejette un doute injurieux,
Il a besoin ce cœur du secours de mes yeux.
La moindre inquiétude est trop tard appaisée.

H

SCENE IV.

ARIANE. PIRITHOVS. ARCAS NERINE.

ARCAS à *pirithous*.

SEigneur, ie vous apporte un Billet de Thesée,

ARIANE

Donnez. ie le verray. Par qui l'a-t-on reçeu?
D'où l'a-t-on envoyé? qu'a-t-on fait? qu'a-t-on sçeu?
Il est party. Nerine, ah trop funeste marque!

ARCAS

On vient de voir au Port arriver une Barque:
C'est de là qu'est venu le Billet que voicy.

ARIANE

Lisons, mon amour tremble à se voir éclaircy.

THESE'E à PIRITHOVS.

Pardonnez une fuite où l'amour me condamne,
　　　Ie pars sans vous en avertir.
　Phèdre du mesme amour n'a pû se garantir,
　Elle fuit avec moy, prenez soin d'Ariane.
Prenez soin d'Ariane! Il viole sa foy,
Me desespere, & veut qu'on prenne soin de moy?

PIRITHOVS.

Madame, en vos malheurs qui font peine à côprendre,

ARIANE

Laissez-moy. ie ne veux vous voir, ny vous entendre
C'est vous, Pirithous, dont le funeste abord
Toûiours fatal pour moy, precipite ma mort.

PIRITHOVS

I'ignore.　　　　ARIANE
　　　　Allez au Roy porter cette nouvelle;
Nerine me demeure, il me suffira d'elle.

PIRITHOVS

D'un depart si secret le Roy sera surpris:

ARIANE

Sans son ordre Thesée eust-il rien entrepris?

Son aveu l'autorise, & de ses injustices
Le Roy, vous, & les Dieux, vous estes tous complices.

SCENE V.

ARIANE. NERINE.

ARIANE
AH, Nerine!　　　**NERINE**
　　　　Madame, apres ce que ie voy,
Ie l'avoüe, il n'est plus ny d'honneur, ny de foy.
Sur les plus saints devoirs l'injustice l'emporte.
Que de chagrins!　　　**ARIANE**
　　　　Tu vois, ma douleur est si forté,
Que succombant aux maux qu'on me fait découvrir,
Ie demeure insensible à force de souffrir.
Enfin d'un fol espoir ie suis desabusée;
Pour moy, pour mon amour, il n'est plus de Thesée;
Le temps au repentir auroit pû le forcer;
Mais c'en est fait, Nerine, il n'y faut plus penser!
Helas! qui l'auroit crû quand son injuste flame
Par l'ennuy de le perdre accabloit tant mon ame,
Qu'en ce terrible excés de peine & de douleurs
Ie ne connusse encor que mes moindres malheurs?
Vne Rivale au moins s'offroit lors à ma haine,
Contre qui mon couroux croyoit s'armer sans peine,
Son sang flatoit déja mes plus boüillans transports;
Mais ie trouve à briser les liens les plus forts,
Et quand dans une Sœur apres ce noir outrage
Ie découvre en tremblant la cause de ma rage,
Ma Rivale & mon Traistre aidez de mon erreur
Triomphent par leur fuite, & bravent ma fureur.
Nerine entre tu bien, lors que le Ciel m'accable,
Dans tout ce qu'a mon sort d'affreux, d'épouvantable?
La Rivale sur qui tombe cette fureur,
C'est Phédre, cette Phédre à qui j'ouvrois mon cœur,
Ie luy faisois voir ma peine sans égale,

Que j'en marquois l'horreur, c'estoit à ma Rivale.
La Perfide abusant de ma tendre amitié,
Montroit de ma disgrace une fausse pitié:
Et joüissant des maux que j'aimois à luy peindre,
Elle en estoit la cause, & feignoit de me plaindre.
C'est là mon desespoir, pour avoir trop parlé,
Ie pers ce que déja ie tenois immolé:
Ie l'ay portée à fuir & par mon imprudence
Moy-mesme ie me suis derobé ma vangeance.

Derobé ma vangeance! a quoy pensay-ie? ah Dieux!
L'ingrate! On la verroit triompher à mes yeux!
C'est trop de patience en de si rudes peines,
Allons, partons Nerine & volons vers Athenes;
Mettons un prompt obstacle à ce qu'on luy promet;
Elle n'est pas encor où son espoir la met;
Sa mort, sa seule mort mais une mort cruelle...

NERINE

Calmez cette douleur, où vous emporte-t'elle?
Madame songez-vous que tous ces vains projets
Par l'éclat de vos cris s'entendent au Palais?

ARIANE

Qu'importe que par tout mes plaintes soient oüyes?
On connoit, on a veu des Amantes trahies,
A d'autres quelquefois on a manqué de foy,
Mais, Nerine, jamais il n'en fut comme moy.
Par cette tendre ardeur dont j'ay chery Thesée,
Avois-ie merité de m'en voir méprisée?
De tout ce que j'ay fait considere le fruit.
Quand ie fais pour luy seul, c'est moy seule qu'il fuit,
Pour luy seul ie dédaigne une Couronne offerte,
En seduisant ma Sœur, il conspire ma perte.
De ma foy chaque iour ce sont gages nouveaux;
Ie le comble de biens, il m'accable de maux;
Et par une rigueur jusqu'au bout poursuivie,
Quand j'empesche sa mort, il m'arrache la vie.
Aprés l'indigne éclat d'un procedé si noir,

Ie ne m'étonne plus qu'il craigne de me voir.
La honte qu'il en a luy fait fuir ma rencontre,
Mais enfin à mes yeux il faudra qu'il se montre.
Nous verrons s'il tiendra contre ce qu'il me doit,
Mes larmes parleront, ç'en est fait, s'il les voit.
Ne les contraignons plus, & par cette foiblesse
De son cœur étonné surprenons la tendresse.
Ayant à mon amour immolé ma raison
La peur d'en faire trop seroit hors de saison,
Plus d'égard à ma gloire, approuvée, ou b'âmée,
I'auray tout fait pour moy, si ie demeure aimée.
Mais à quel lâche espoir mon trouble me réduit !
Si j'aime encor Thesée, oubliay-ie qu'il fuit?
Peut-estre en ce moment aux pieds de ma Rivale
Il rit des vains projets où mon cœur se ravala,
Tous deux peut-estre... Ah Ciel ! Nerine, empesche
D'oüir ce que i'entens, de voir ce que ie voy. [moy
Leur triomphe me tuë, & toute possedée
De cette assassinante & trop funeste idée,
Quelques bras que contre eux ma haine puisse unir,
Ie soufre plus encor qu'elle ne peut punir.

SCENE DERNIERE.

OENARVS. ARIANE. PIRITHOVS.
NERINE. ARCAS.
OENARVS

Il ne viens point, Madame, opposer à vos plaintes
De faux raisonnemens, ou d'injustes contraintes;
Ie viens vous protester que tout ce qu'en ma Cour...

ARIANE

Ie sçay ce que ie dois Seigneur. à vostre amour,
Ie sçay mesmes à quoy ma parole m'engage,
Mais...   OENARVS

    A vos déplaisirs épargnons cette image,
Vous repondriez mal d'un cœur...

ARIANE　　　　Commẽt, helas!
Répondrois-ie de moy? ie ne me connois pas.
OENARVS
Si du fecours du temps ma foy favorifée
Peut mériter qu'un jour vous oubliyez Thefée .:
ARIANE
Si j'oubliray Thefée? Ah Dieux mon lâche cœur
Nourriroit pour Thefée une honteufe ardeur!
Thefée encor fur moy garderoit quelque empire!
Ie dois haïr Thefée, & voudrois m'en dédire!
Ouy, Thefée à jamais fentira mon courroux;
Et fi c'eft pour vos vœux quelque chofe de doux.
Ie jure par les Dieux, par ces Dieux qui peut-eftre
S'uniront avec moy pour me vanger d'un Traiftre,
Que j'oubliray Thefée, & que pour m'émouvoir.
Remords, larmes, foûpirs manqueront de pouvoir
PIRITHOVS
Madame, fi j'ofois...　　ARIANE
　　　　　　Non, parjure Thefée;
Ne croy pas que jamais ie puiffe eftre apaifée;
Ton amour y feroit des efforts fuperflus.
Le plus grand de mes maux eft de ne t'aimer plus;
Mais apres ton forfait, ta noire perfidie,
Pourveu qu'à te gefner le remords s'étudie,
Qu'il te livre fans ceffe à de fecrets Bourreaux,
C'eft peu pour m'étonner que le plus grand des maux.
I'ay trop gémy, i'ay trop pleuré tes injuftices.
Tu m'as bravée; il faut qu'à ton tour tu gémiffes.
Mais qu'elle eft mon erreur? Dieux, ie menace en l'air,
L'Ingrat fe donne ailleurs quand ie croy luy parler.
Il goufte la douceur de fes nouvelles chaînes;
Si vous m'aimez. Seigneur, fuivons-le dans Athenes;
Avant que ma Rivale y puiffe triompher,
Partons, portons-y plus que la flame & le fer,
Que par vous la Perfide entre mes mains livrée
Puiffe voir ma fureur de fon fang enyvrée;

Par ce térrible éclat signalez ce grand iour
Et méritez ma main en vangeant mon amour.

OENARVS

Confultons-en le temps. Madame & s'il faut faire...

ARIANE

Le temps! Mon defefpoir foufre-t-il qu'on differe?
Puis que tout m'abandonne, il eft pour mon fecours
Vne plus feure voye, & des moyens plus courts.
Tu m'arreftes, cruel?

Elle fe jette fur l'épée de virithous.

NERINE

Que faites vous, Madame?

ARIANE à *Nerine.*

Soûtiens-moy, ie fuccôbe aux tranfports de mon ame,
Si dans mes déplaifirs tu veux me fecourir,
Adjoûte à ma foibleffe, & me laiffe mourir.

OENARVS

Elle femble pâmer. Qu'on la fecoure, vifte,
Sa douleur eft un mal qu'un prompt remede irrité,
Et ce feroit fans doute en croiftre les efforts,
Qu'oppofer quelque obftacle à fes premiers trâfports.

FIN.